그림으로 보는

우주피스 공화국

우주피스 공화국
하일지, 조경옥

2021년 9월 17일 초판 1쇄 발행

지 은 이   하일지, 조경옥
펴 낸 이   조동욱
기   획   박 건 / 조기수
펴 낸 곳   출판회사 헥사곤 Hexagon Publishing Co.
등   록   제2018-000011호 (등록일: 2010. 7. 13)
주   소   경기도 성남시 분당구 성남대로 51, 270
전   화   070-7743-8000
팩   스   0303-3444-0089
이 메 일   joy@hexagonbook.com
웹사이트   www.hexagonbook.com

ⓒ 하일지, 조경옥 2021, Printed in KOREA

ISBN 979-11-89688-60-8   03810

그림으로 보는

우주피스 공화국

하일지 원작 · 그림
조경옥 엮음

HEXAGON
WWW.HEXAGONBOOK.COM

차례

머리말

소설 〈우주피스 공화국〉은 〈경마장 가는 길〉로 유명한 소설가 하일지 교수님의 열 번째 작품입니다.

낯선 리투아니아의 빌뉴스 공항에 도착한 주인공 할(Hal)이 아버지의 유골을 고국 땅에 묻어주기 위하여 우주피스 공화국을 찾아가는 여정을 그린 것이 이 소설의 이야기입니다. 이 마법적 사실주의 소설은 2009년에 국내에서 처음 출판된 이후, 영어, 프랑스어, 리투아니아어, 체코어 등 여러 나라 말로 번역 출판되었고, 각국의 언론과 비평계의 호평을 받은 바 있습니다.

이 책이 출판 된 지 10년이 지난 2019년, 하일지 교수님은 갑자기 화가로 변신하여 수백 점의 그림을 그려내기 시작했습니다. 초중고등학교 미술 시간을 제외하고는 전문적인 미술교육을 전혀 받은 적이 없는, 고희를 바라보는 소설가가 짧은 시간에 수많은 그림을 쏟아낸다는 것도 믿기지 않는 일이지만, 그의 그림 하나하나가 참으로 독특하고 수준이 높습

니다. 그래서 국내에서는 물론이고 프랑스와 리투아니아 등
여러 나라에서 이미 초대전 제의를 받고 있습니다.

교수님이 그린 그림 중에는 당신의 소설 〈우주피스 공화국〉
의 이야기를 그린 그림 시리즈도 있습니다. 이 책에서 보시게
될 스물다섯 점의 이국적인 그림들이 바로 그것입니다.

환상적인 이 멋진 그림들을 보면서 저는 깊은 감동을 받았
고, 교수님의 예술 세계에 금방 매료되었습니다. 그래서 각각
의 그림에 해당하는 원작소설 속의 이야기가 궁금해졌고 책
을 찾아 꼼꼼히 읽어보게 되었습니다.

"우주피스 공화국을 찾아왔어요. 그런데 그게 어디 있는지
찾을 수가 없어요."

우주피스 공화국! 그곳은 어디인가?
존재하기는 하는 걸까?

정말이지 마법에 걸린 것 같았습니다. 그리하여 저는 교수님의 허락을 받아 각각의 그림에 해당하는 이야기를 간추려 직접 낭독하여 총 31편의 유튜브 영상으로 제작하였습니다. (유튜브 주소: Cloud.J우주피스)

그리고, 기왕에 그림에 해당하는 글이 간추려졌으니 그 것을 그림과 함께 한 권의 책으로 만들면 좋겠다고 생각하기에 이르렀습니다. 그리하여 마침내 이렇게 원작소설보다 얇은 그림책 우주피스를 내놓게 되었습니다. 이 책에서는 하일지 교수님의 마법적인 원작 소설과 독특한 예술세계를 국내뿐만 아니라 세상에 널리 읽히게 하기 위하여 2014년 미국의 Dalkey Archive 출판사에서 출판된 영문판 우주피스 〈The Republic of Užupis〉도 함께 요약하여 실었습니다.

아직 공개하지는 않았지만, 하일지 교수님은 우주피스뿐만 아니라 2014년에 출판한 당신의 열두 번째 소설 〈누나〉의 이야기도 이미 30점의 그림으로 완성하였고, 그림과 함께 재출

간을 준비 중이라고 합니다. 그리고 2000년에 출간한 역작
〈진술〉도 그림으로 그릴 계획이라고 합니다.

  헤르만 헤세는 자신의 시집에 수채화를 그려 넣었습니다.
그런 그의 책을 갖게 된 독일 사람들은 얼마나 행복할까 하고
나는 동경했습니다. 그런데 우리도 이제 아크릴화로 채워진
하일지의 소설책들을 갖게 되었다는 사실을 기뻐해야 할 것
입니다. 헤르만 헤세의 수채화는 목가적이고 낭만적이라면,
하일지의 아크릴화는 도시적이고 환상적이라는 점에서 차이
가 있을 것입니다.

  '그림책 우주피스'는 원작소설 '우주피스 공화국'에 진입하
기 전, 즐거운 에피타이저가 될 수 있을 것이고 상상력이 풍
부한 독자들께서는 그림책 속 그림들로 자신만의 우주피스
공화국을 세울 수도 있을 겁니다. 찬찬히 읽어봐 주시면 이
책을 엮은 저에게는 더 없는 보람이 될 것입니다.

조경옥

눈 속의 요르기타 (Jorgita in the Snow) acrylic on canvas 60.5x50cm 2019

눈 속의 요르기타

환전소를 거쳐 할이 공항 청사를 빠져나왔을 때 밖에는 눈이 내리고 있었고, 공기는 몹시 냉습했다. 갑작스러운 추위에 당황했는지 할은 한쪽 팔에 걸치고 있던 외투를 황급히 입었다. 그의 외투는 고급스럽고 세련된 것이긴 했지만 이 나라 겨울 혹한을 감당하기에는 다소 얇아 보였다. 아마도 그는 이 나라의 겨울 사정을 잘 몰랐던 것 같았다.

청사 앞 광장은 중소 도시의 역전 광장처럼 초라하고 한산했다. 열 대 가량의 노란색 택시가 열을 지어 서서 승객을 기다리고 있었고 좀 떨어진 곳에는 시동을 걸어놓은 푸른색 시내버스 한 대가 세워져 있는 것이 고작이었다. 광장 바닥은 온통 빙판으로 변해 있었고, 광장 저편으로는 자작나무 숲이 펼쳐져 있었다. 이렇게 작고 초라한 국제공항을 생전 처음 보는 듯 할은 어안이 벙벙한 표정을 지었다.

할은 몹시 추운 듯 들고 있던 여행용 가방을 빙판 위에 내려놓고는 외투 깃을 세우고 외투 주머니에서 장갑을 꺼내어 꼈다. 그리고 주위를 돌아보았다. 눈이 내리고 있는 데다가 저녁 어스름까지 밀려오고 있어서 저만큼 희미하게 보이는 자작나무들은 허공에 떠 있는 것처럼 보였다. 자작나무 숲 뒤편에 도시가 있는지 마지막 승객을 태운 푸른색 시내버스는 광장을 빠져나가 자작나무 숲 쪽으로 가고 있었다. 눈이 내리고 있어서 그렇겠지만 버스가 허공으로 천천히 떠가고 있는 것처럼 보였다. 버스마저 떠난 공항 앞 청사 앞 광장은 갑자기 텅 빈 것처럼 고요해졌다.

바로 그때였다.

"요르기타!"

누군가가 이렇게 소리쳤다. 그런데 그 소리가 얼마나 애절하게 들렸던지 할은 깜짝 놀라 뒤를 돌아보았다. 거기에는 젊고 아름다운 금발의 여자가 우수에 찬 표정으로 서 있었다. 기품있는 자태로 서 있는 젊고 아름다운 여자와 우스꽝스러운 모습을 한 농부의 상봉은 마치 연극의 한 장면처럼 극적으로 보였다. 눈은 하염없이 내리고 있었다.

Jorgita in the Snow

Having changed some money, Hal left the terminal, overcoat draped over his arm. It was snowing and there was a sodden chill in the air. Hal donned the coat. It was stylish and of an excellent weave but too lightweight for the severe winters of this land.

Outside the terminal was a sleepy, nondescript plaza. It reminded Hal of a train station you might find in a small city in the countryside. A file of yellow taxis, a dozen or so, awaited fares, and a short distance off, a blue metro bus sat idling; there were no other vehicles. The plaza had turned into a sheet of ice, and beyond it spread a grove of birches. Hal didn't know what to make of it all – he had never seen such a small, unprepossessing international airport.

Finally Hal set down his suitcase on the ice-covered plaza. Turning up the collar of his coat and putting on a pair of gloves, he took in his surroundings. Shrouded by the falling snow and the advancing dusk, the birches at the far end of the plaza seemed to be floating on air. The blue bus admitted one last passenger and set off toward the birches – beyond which the city must have been located – and before long it too was floating through the falling snow. The plaza lapsed into desolate silence.

And then an imploring voice cried out: "Jorgita!"
Started, Hal turned to see a beautiful young blonde with a doleful expression. The melodramatic meeting of this graceful woman and the comical farmer was like something out of a play. Impervious to it all, the snow continued to fall.

택시 운전사 요나스

할이 내린 곳은 희미한 가로등이 켜져 있는 적막하기 이를 데 없는 길가였다. 가로등 불빛 속으로는 하염없이 눈이 쏟아지고 있었다.

"팔십오 리타입니다. 그러나 육십 리타만 주세요. 왜냐하면 그사이에 길을 좀 잃었으니까요."

눈 쌓인 인도 위에 할의 가방을 내려놓은 운전사가 말했다. 그러나 할은 어안이 벙벙한 표정으로 주위를 둘러볼 뿐이었다. 운전사는 변명하는 투로 계속했다.

"그렇지만 고의는 아니었습니다. 저는 대학교수인데 부업으로 택시 운전을 하고 있답니다. 그래서 길을 잘 몰랐던 것이랍니다."

길을 잘 몰랐다는 것은 순전한 거짓말이겠지만 그가 대학교수라는 말은 어느 정도 사실인 것 같기도 했다. 왜냐하면 그의 영어는 택시 운전사치고는 너무 유창했기 때문이다.

"그런데 여기는 우주피스가 아니잖아요."

할은 억제된 목소리로 말했다. 그러자 운전사는 곁에 서 있는 삼 층짜리 낡은 건물 하나를 가리켜 보이며 확신에 찬 목소리로 말했다.

"맞아요, 여기가 틀림없어요."

그리고 보니 운전사가 가리키는 건물 벽에는 "호텔 우주피스(Hotel Užupis)"라고 쓰인 조그마한 네온사인이 깜박이고 있었다. 그걸 본 할은 어처구니없다는 듯이 손바닥으로 자신의 이마를 '탁' 치며 말했다.

"오! 나는 호텔 우주피스가 아니라 우주피스 공화국으로 가자고 했어요."

할의 말에 운전사는 몹시 난처한 표정을 지으며 안절부절못했다. 그러나 할은 곧 마음을 고쳐먹은 듯 지갑에서 백 리타짜리 지폐 한 장을 꺼내어 운전사에게 내밀며 말했다.

"상관없어요, 이미 날도 저물었으니 이 호텔에서 하룻밤 자고 내일 가는 것도 괜

택시 운전사 요나스 (Jonas, Taxi Driver) acrylic on canvas 60.5x50cm 2019

찮은 것 같으니까요."

운전사는 그제야 안도하는 표정이 되었다. 그러고는 거스름돈을 내주기 위해 주머니를 뒤지기 시작했다.

"됐어요. 거스름돈은 당신의 멋진 플레이에 대한 팁이에요."

할은 귀찮다는 듯이 손을 내저으며 말했다. 그러자 처음에 운전사는 믿지 못하는 표정이었다. 그러나 곧 황홀해하는 표정을 지으며 말했다.

"오! 고맙습니다. 고맙습니다. 당신은 정말 관대해요. 당신은 정말 신사입니다."

택시 운전사는 할 앞에 굽신거리며 말했다. 그러나 할은 전혀 만족스럽지 못한 표정이었다.

"우주피스 공화국으로 가시겠다면 내일 아침에 제가 모셔다드리지요. 내일 오전에는 강의가 없거든요."

운전사는 명함 한 장을 꺼내어 할에게 내밀었다.

"제 이름은 요나스입니다. 당신의 이름을 물어봐도 되겠습니까?"

"할."

"아! 할 씨, 당신은 진정한 나의 친구입니다."

Jonas, Taxi Driver

Hal climbed out and saw, faintly lit by a streetlight, a forlorn side street. At the foot of the light pole the snow continued to accumulate.

"That will be eighty-five litas," said the driver after he had set down Hal's suitcase. "But let's say sixty, because I was a little lost back there."

Hal looked about in a daze.

"Don't get me wrong," said the driver. "I'm actually a professor. I only do this on the side – that's why I don't know the roads so well."

The part about not knowing the roads was presumably a bald-faced lie, but there seemed to be an element of truth to the claim that he was a professor: not many cab drivers could be expected to have such a good command of English.

"But this isn't Užupis," said Hal in a restrained voice.

"No, this is the right place – no doubt about it," said the driver as he indicated a dilapidated three-story building. On the front of the building a small neon sign reading Hotel Užupis blinked on and off.

Hal clapped a hand to his forehead in dismay. "I said Republic of Užupis, not Hotel Užupis!"

The driver became agitated; he was in a fix.

"Well, no matter," said Hal as he produced a hundred-*litas* note from his wallet and offered it to the driver. "It's dark already—I guess it'll be all right if I spend the night in this hotel and go the rest of the way tomorrow."

The driver relaxed. He reached into his pocket for change.

Hal made a dismissive gesture. "Forget it. Consider it a tip – nice job with that little game you played."

The driver was skeptical. But when he finally realized Hal was in earnest, he became ecstatic: "Oh, thank you, thank you! You are so generous, sir! A true gentleman, sir!" And then he bowed.

Hal was disgusted.

"I tell you what," said the driver. "If you wish to go to the Republic of Užupis, then I will be your guide—I will take you there tomorrow. You see, I have no classes tomorrow morning." So saying the driver extracted a business card and gave it to Hal. "My name is Jonas. May I ask yours, sir?"

"Hal."

"Aha! Mr. Hal, you are my true friend now."

호텔 우주피스 사람들

호텔 우주피스는 아래층이 술집이고 이삼 층이 객실인 전형적인 옛날 유럽식 객주집이었다. 문을 열고 들어서자 어둠침침한 홀에는 소프라노 같은 그러나 분명 소프라노는 아닌 독특한 음색의 독창 소리가 울려 퍼지고 있었다. 사람들로 가득 차 있었고 담배 연기가 자욱했다. 홀 저편 스테이지에는 비쩍 마른 한 남자가 중세 유럽의 악기를 연주하면서 노래를 부르고 있었다. 홀 한가운데에는 몇 쌍의 남녀가 음악에 맞추어 천천히 춤을 추고 있었다.

할이 자리를 잡고 앉자 주변 사람들이 일제히 할 쪽을 돌아보았다. 커다란 여행용 가방을 든 난데없는 동양인이 머리와 어깨에 온통 하얗게 눈을 뒤집어쓴 채 나타났으니 그럴 만도 했다. 특히 할의 옆 테이블에는 다섯 명의 남녀가 둘러앉아 술을 마시고 있었는데 그들은 호기심에 찬 표정들로 할을 지켜보고 있었다. 그중에서도 특히 삼십 대 초반으로 보이는 붉은 옷을 입은 한 여자는 할을 보자 깜짝 놀라는 표정을 지었다. 하얀 얼굴에 커다란 눈을 가진 여자였다.

보이가 다가왔다. 할은 우선 방을 하나 예약한 후 팔랑가 한 잔을 주문했다. 사실 할이 무엇을 마셔야 할지 몰라 옆 테이블을 두리번거리고 있을 때 붉은 수염을 가진 덩치 큰 남자가 자신이 마시고 있던 빨간 술이 든 술잔을 쳐들어 보이며 엄지손가락을 추켜세웠다. 예상했던 것과 달리 팔랑가는 몹시 독한 술이었다. 심하게 얼굴을 찌푸리는 할을 보고 사람들은 와르르 웃음을 터뜨렸다. 붉은 수염의 사내가 흡족한 표정으로 할에게 악수를 청했다.

"내 이름은 로웨나스, 당신은?"

그의 손을 잡고 악수를 하며 할이 자신의 이름을 말했다.

"할, 리투아니아에 오신 걸 환영합니다!"

로웨나스가 이렇게 말하자 검은 뿔테 안경을 쓴 여자 아이스떼, 검은 눈동자의 알비다스, 비쩍 마른 금발의 남자 마리우스 그리고 하얀 얼굴의 커다란 눈을 가진 빌

호텔 우주피스 사람들 (The People of Hotel Užupis) acrylic on canvas 65x53cm 2020

마가 차례대로 자신들을 소개했다. 그들은 할에게 여러 가지 질문을 했다.

"당신은 어디에서 왔나요?"

"한에서."

"훈? 정말 멀리서 왔군. 대단한 나라지."

리투아니아에선 아마도 한을 훈이라고 발음하는 것 같았다.

"어디로 가려고 한다고요?"

"우주피스 공화국."

그때 홀 문이 열리고 하얗게 눈을 뒤집어쓴 네다섯 명의 남녀가 음악 소리에 맞추어 몸을 흔들어대면서 이쪽으로 다가왔다. 새로운 무리 중 가장 활달한 사람은 커다란 안경을 쓰고 덩치가 큰 이십 대 후반의 남자 안드레이였다. 알비다스로부터 할에 관해 소개를 받은 그는 할의 손을 힘차게 흔들어대며 소리쳤다.

"오! 할! 웰컴 투 리투아니아!"

The People of Hotel Užupis

Hotel Užupis was an ordinary European inn consisting of a lounge on the ground floor and guest rooms on the two stories above.

The front door opened onto the dim lounge. Someone was singing, but Hal couldn't identify what kind of voice it was. A soprano? No, definitely not. A cloud of cigarette smoke hovered over a sea of heads – the lounge was full.

The voice was coming from a stage at the far end of the lounge, where a raw-boned man sang, accompanying himself on some sort of medieval instrument. In the middle of the lounge several couples danced slowly to the music.

Finally Hal spotted a vacant table and settled himself there.

The next thing he knew, those nearby were gazing at him-at his large suitcase, his rare Asian features, and the snow coating his hair and shoulders. Especially curious were the five men and women drinking at the nearest table. One of them, a thirty-something woman, looked startled at the sight of him. She had a pale face, huge eyes, and hair so black it intensified the whiteness of her skin.

A boyish waiter appeared. Was a room available? Hal asked. Fortunately there was. Then, as Hal glanced nervously about the lounge, wondering what to drink, a massive man with a dark red beard showed him a glass containing a bright red liquid and gave a thumbs-up gesture. Taken with the man's playful expression, his beaming smile, his manner, Hal asked the waiter what the beverage was.

"*Pálinka.*"

"I'll have one."

The pálinka was stronger than he had expected – powerful in fact. He made a face, drawing another burst of laughter from the group.

Red Beard extended a welcoming hand.

"My name is Laurynas – what is yours?"

Hal told him and they shook hands.

"Hal! Welcome to Lithuania!" said the man.

The next to greet Hal was Black Rims. "My name is Aisté."

And then in English:"Welcome to the Republic of Užupis!" Her expression was as mischievous as ever.

Hal took her hand. Then Dark Eyes introduced himself as Alvydas, and the bony man with the blonde hair, sitting next to red beard Laurynas, introduced himself as Marius. Finally, the woman with the huge eyes spoke one word – Vilma, her name.

"Where are you from?"

"I'm from Han."

"Hun," murmured Marius.

"Heavens – that is a long way from here."

"Hun," said Laurynas.

"Great country!"

Han, it seemed, was pronounced "Hun" in Lithuanian.

"You're on your way where?"

"The Republic of Užupis."

Just then the door to the lounge opened and half a dozen men and women entered, swaying to the music, their heads covered with snow. Among the new arrivals the most outgoing was a hefty young man with glasses. Extending a paw-like hand to Hal, he introduced himself enthusiastically as André.
Shouted André as he shook Hal's hand vigorously.
"Oh! Welcome to Lithuania, Hal!"

에거스 씨 댁의 야회 (Soiree Chez Eigis) acrylic on canvas 65x53cm 2019

에거스 씨 댁의 야회

할은 안드레이 일행을 따라 넓은 홀로 들어갔다. 그런데 홀 안에서는 때마침 기이한 광경이 벌어지고 있었다. 무슨 구경거리라도 생긴 듯 삼십여 명의 남녀가 홀 한가운데 둘러서서 무엇인가를 들여다보고 있었다. 홀 안에는 파티장에서 흔히 들을 수 있는 음악 소리도 웃음소리도 들리지 않았다. 숨죽인 침묵만이 감돌 뿐이었다. 처음에 할은 팔씨름이나 도박판이 벌어졌으려니 하고 생각했으나 그런 것 같지는 않았다. 팔씨름이 벌어졌다면 구경꾼들의 응원 소리가 들렸을 테고 도박판이 벌어졌다면 자욱한 담배 연기 속에서 환호 소리나 탄식 소리가 들렸을 테니까 말이다.

"또 저 짓이군."

알비다스가 한심하다는 듯이 혼잣말로 중얼거렸다. 할은 호기심에 찬 표정으로 사람들의 어깨 너머를 기웃거렸다. 그러던 다음 순간 할은 너무나 놀라운 광경을 목격하고는 입을 딱 벌린 채로 표정이 굳어졌다. 구경꾼들의 한가운데는 조그마한 탁자가 하나 놓여 있고 탁자 위에는 리볼버 한 자루가 놓여 있었다. 그리고 탁자를 사이에 두고 삼십 대 중반으로 보이는 남자 두 사람이 비장한 표정으로 마주 앉아 있었다. 구경꾼들은 숨을 죽인 채 두 남자의 다음 행동을 기다리고 있었다. 러시안룰렛이 벌어진 것 같았다. 이윽고 왼쪽 남자가 리볼버를 집어 들더니 힘차게 탄창을 돌렸다. 그러고는 비장한 표정으로 자신의 관자놀이에 총구를 갖다 댔다. 이 끔찍한 광경을 차마 볼 수 없었던지 할은 눈을 감았다. 그 순간 찰칵하고 총이 격발되는 소리가 났다. 다행히도 총알이 발사되지 않았다.

"와우!"

사람들은 일제히 탄성을 질렀다. 방금 총을 쏜 사내는 안도의 한숨을 내쉬며 탁자 위에 총을 내려놓았다. 그러고는 자기 앞에 놓인 보드카 잔을 들어 단숨에 마셨다. 맞은 편의 사내는 지그시 눈을 감고 운명의 차례를 기다리고 있었다. 심판관으로 보이는 남자는 그 사내 앞에 놓인 술잔에 보드카를 가득 따라 주었다. 그제야 사내는 눈을 뜨더니 자기 앞에 놓인 보드카 잔을 집어 들고는 그것이 생에 마지막 술

잔이기라도 한 듯 잠시 들여다보았다. 그러더니 입으로 가져가 고개를 뒤로 젖히고 단숨에 들이켰다. 구경꾼들 사이에는 긴장감이 감돌았다. 이윽고 사내가 그의 앞에 놓인 리볼버를 집어 들었다. 그리고 힘차게 탄창을 한 바퀴 돌린 뒤 다소 과장되게 비장한 표정으로 총구를 관자놀이에 갖다 댔다. 바로 그때, 구경꾼 중 한 여자가 갑자기 킥킥킥 웃기 시작했다. 그러자 관자놀이에 총구를 대고 있던 사내도 참지 못하겠다는 듯 푹푹 웃음을 터트렸다. 그러더니 갑자기 총구를 돌려 방금 웃은 여자를 향해 찰칵하고 총을 쏘았다. 그러자 구경꾼들은 와르르 웃음을 터뜨렸고, 총을 든 남자는 웃고 있는 사람들을 향해 마구 총을 쏘아 댔다. 그제야 할은 총은 처음부터 장전되어 있지 않았다는 것을 깨닫고 안도의 미소를 지었다.

Soiree Chez Eigis

He followed André and the others into a large foyer, where he was confronted with a most peculiar sight. Some thirty men and women had gathered around something or other. There was none of the music and laughter you would expect to here at a party. A stifling silence pervaded the room.

Hal's first thought was that the people were watching an arm wrestling match, or perhaps a high-stakes card game. But if it were arm wrestling, where were the cheers from the spectators? And if gambling, where were the shouts of jubilation, the groans of lamentation? But there were no voices, only thick clouds of cigarette smoke.

"Good God," Alvydas muttered to himself. "This is pathetic."

Overcome by curiosity, Hal peered over the shoulders of the others. The next moment his jaw dropped, his face hardening in consternation.

Inside the circle was a small table and, resting on it, a revolver. Facing each other across the table were two glum young men. The onlookers waited with bated breath.

The man on the left picked up the revolver, gave the cylinder a sharp spin, and put the end of the barrel to his temple. Hal closed his eyes. He heard a distinct click – the gun had not fired. The observers broke out in a chorus of oohs and aahs, and with a sigh of relief the man with the revolver set it on the table. Then he quaffed the shot of vodka that sat before him. The man across from him closed his eyes in resignation. A third man, who appeared to be supervising the proceedings, filled the second man's shot glass. The second man's eyes opened and he took the vodka and considered it – his last shot of vodka ever. He brought it to his lips, threw back his head, and drank. Tension coursed through the crowd.

Finally the second man picked up the revolver. He spun the cylinder hard, like the first man, and, deadly solemn, put the muzzle to his temple. Just then a woman giggled. The man with the revolver likewise broke into laughter, then turned the gun on the woman and fired. This brought laughter from all, and the man then fired at random among them. Hal finally realized the gun wasn't loaded from the start. His tight lips relaxed into a smile.

우주피스 국가를 연주하는 요르기타 (Jorgita Who Plays the National Anthem of Užupis)
acrylic on canvas 65x53cm 2020

우주피스 국가를 연주하는 요르기타

어디에선가 장중하면서도 애수를 자아내는 피아노 소나타가 들려오기 시작했다. 할은 깜짝 놀란 표정으로 고개를 들었다.

"저 소리가 어디서 나는 거죠?"

피아노 소리는 테라스 바로 위층에서 들려오고 있었다. 이 층에도 긴 복도가 있었다. 복도를 따라가는 동안 피아노 소리는 어떤 절정을 향해 치달리는지 더욱 격정적으로 변해가고 있었다. 할은 마음이 급해지는 듯 걸음을 서둘러 이 층 복도를 따라갔다. 그러다가 마침내 피아노가 연주되고 있는 거실에 이르렀다.

거실 한 면은 넓은 창문으로 이루어져 있었는데 창문으로는 눈이 내리고 있는 밤 풍경이 환하게 내다보였다. 그리고 거실 한편에는 그랜드 피아노가 놓여 있었고 그 피아노 앞에는 너무나 아름답고 기품있는 여자가 앉아 피아노를 연주하고 있었다. 할은 그녀를 보는 순간 흠칫 놀라지 않을 수 없었다. 그도 그럴 것이 그녀는 아까 공항에서 본 바 있는 요르기타였던 것이다. 그리고 요르기타의 등 뒤에는 오십 대로 보이는 덩치가 큰 남자 한 사람이 한 손에 포도주잔을 든 채 서 있었다. 잠시 후 요르기타의 피아노 연주가 끝났다. 그러나 요르기타는 슬픔에 찬 표정으로 정면을 응시한 채 꼼짝하지 않았다.

그런데 그때 할의 등 뒤에서 알비다스가 소리쳤다.

"할! 블라디미르가 도착했어. 우주피스 공화국이 어딘지 이제 알아낼 수 있을 거야."

그때 요르기타는 알비다스가 하는 말을 들은 듯 깜짝 놀라는 표정으로 이쪽을 돌아보았다. 그러고는 저만치 서서 자신을 바라보고 있는 할과 눈이 마주쳤다.

Jorgita Who Plays the National Anthem of Užupis

Just then they heard a piano. It was playing a dolorous, solemn sonata. Hal stepped off the patio and craned his neck toward the second floor. There, right above the patio. The second floor was also divided by a long hallway. Hal followed it, the music growing ever more impassioned, swelling into a crescendo. He quickened his pace and finally he arrived at a spacious parlor, apparently a counterpart to the foyer downstairs.

Across the parlor was a large picture window affording an excellent view of the falling snow. To one side was a grand piano, and playing it a woman of surpassing beauty and grace. Hal flinched – the performer was none other than Jorgita, from the airport. Standing behind her, wine glass in hand, was a hefty middle-aged man.

The performance came to an end. Jorgita grew still, staring straight ahead, her face shrouded in sorrow.

"Hal – Vladimir is here!" The shout came from Alvydas.

"Now you can find our where Užupis is."

Startled, Jorgita looked their way. Her eyes made contact with Hal's, which were still fixed on her.

은발의 블라디미르

"하이!"

은발의 블라디미르는 할과 악수를 하면서 짧고 뚜렷한 목소리로 말했다. 그는 나이에 비해 활기차게 보였으며 두 눈은 영롱하게 빛났다. 웃을 때 보면 그의 치아는 상아처럼 희고 잇몸은 산호처럼 붉은색이었다. 할과 블라디미르 사이에 인사가 끝났을 때 블라디미르 옆에 앉아 고개를 푹 숙이고 있던 술 취한 여자가 고개를 쳐들고 손을 내밀며 말했다.

"안녕! 난 소피에요."

할은 그녀와도 악수했다. 악수하면서 보니 그녀는 삼십 대 중반으로 보였는데 나이에 비해 몹시 시들어 있었다. 본래는 미인인 듯했으나 술과 담배에 찌들었는지 거무죽죽한 눈두덩에는 병색이 있어 보였고, 이는 검게 변색되어 있었다.

"소피는 한때 프랑스에서 유명한 발레리나였지."

할이 소피와 악수를 하고 있을 때 곁에 섰던 알비다스가 말했다.

"당신에 대해서는 알비다스한테서 충분히 들었소. 훈에서 왔다는 것도, 우주피스 공화국을 찾아가려고 한다는 것도. 그리고 당신 아버지한테서 절름발이 샤트눕스키에 대하여 이미 들은 적이 있다는 이야기도. 그런데 당신의 아버지는 누구요?"

할이 자리를 잡고 앉자 은발의 블라디미르가 짧고도 간명한 영어로 이야기를 시작했다. 그때 알비다스가 아까 호텔 우주피스 바에서 본 사진을 블라디미르에게 보여 주라고 말했다. 사진 속의 배경은 현재 할이 블라디미르를 만나고 있는 이 방과 거의 일치하고 있었다. 그러나 지금 사진을 들여다보고 있는 이들 중 그 사실을 깨닫는 사람은 아무도 없는 것 같았다.

"그래서? 그래서 어쨌다는 거요? 이 사진들 어디에 우주피스 공화국이 존재한다는 증거가 있단 말이오?"

은발의 블라디미르 (Vladimir, Silver-Haired) acrylic on canvas 60.5x50cm 2019

"우주피스란 무슨 뜻인가?"

블라디미르가 쏘아붙이는 듯한 어투로 계속했다.

"간단하지. 강 건너편이란 뜻이야. 이건 나라 이름이 아니야."

할은 낙담한 듯 한숨을 내쉬었다. 그런데 그때였다. 그때까지 고개를 푹 숙인 채 블라디미르의 옆에 앉아 있던 술 취한 여자 소피가 문득 고개를 들고는 혀 꼬부라진 소리로 말했다.

"프랑스에서 우주피스라고 하면 우(où) 주(je) 피스(pisse) 즉, 내가 오줌 누는 곳이란 뜻이지요. 그러니까 화장실이란 말이겠죠."

그 순간 블라디미르가 느닷없이 그녀의 따귀를 후려쳤다. 그리고 소리쳤다.

"닥치지 못해!"

얼마나 세차게 때렸던지 여자는 의자에서 떨어져 방바닥에 꼬꾸라졌다.

Vladimir, Silver-Haired

"Hi," said the silver-haired man in a staccato voice as he shook hands with Hal. For a man of his age he radiated vitality. His face had a ruddy glow and his eyes gave off a brilliant luster. His smile revealed ivory-white teeth and gums the crimson of coral.

After Hal and Vladimir had introduced themselves, the woman managed to lift her head and extend a hand.

"Hi there – I'm Sophie."

Hal took her hand, noticing that for a woman who was half Vladimir's age she was physically wasted. Once she must have been beautiful, but now her eyes were dark pits and her teeth were stained black.

"Sophie used to be a famous ballerina in France," said Alvydas as Hal shook hands with the woman.

"Alvydas has told me a plenty about you – the man from Hun, looking for the Republic of Užupis, who heard from his father about gimpy old Shatunovsky. But who exactly is your father?"

Vladimir's English was clear and to the point.

"Can you show Vladimir that photograph?" said Alvydas. The study was virtually identical with the room in which Hal now sat with Vladimir. But the three men failed to notice this.

"So what's the point? Is there supposed to be proof in these photos of the existence of the Republic of Užupis?"

"Did it ever occur to you what the word Užupis means?" challenged Vladimir. "It's really quite simple – it means 'across the river'. It's not the name of country."

Hal heaved a despondent sigh.

Next to Vladimir, Sophie lifted her head from the table.

"In France if you say 'Užupis'," she slurred, "it sounds like où-je-pisse, 'where I piss'-in other words, a potty."

Vladimir slapped her hard across the face. "Don't you ever shut up?" he shouted.

The force of the blow sent the woman tumbling to the floor.

밤길에 만난 사람

할은 에거스 씨와 악수를 하며 말했다.

"즐거운 밤이었습니다."

할은 자신의 여행용 가방을 찾아 들고 에거스 씨 댁을 나섰다.

밖에는 눈이 내리고 있었고 밤공기는 몹시 냉습했다. 할은 쿨룩쿨룩 기침하며 어두운 골목길을 걸어갔다. 그러나 그는 곧 길을 잃고 헤매기 시작했다. 갔던 길을 되돌아오기도 하고 갈라진 길 앞에서 망설이기도 하면서 할이 길을 찾아 헤매고 있을 때였다. 어느 길모퉁이를 막 돌아서려 하던 할은 소스라치게 놀라며 엉거주춤 뒷걸음질을 쳤다. 그도 그럴 것이 길모퉁이 어둠 속에 키가 이 미터는 됨직한 사내 하나가 우두커니 서 있었는데 하마터면 할은 그와 부딪힐 뻔했다. 그러나 상대는 길모퉁이에 세워진 동상처럼 미동도 하지 않고 물끄러미 할을 굽어보고만 있었다. 할은 주머니 속에 든 권총의 방아쇠 고리에 손가락을 끼워 넣으며 상대를 올려다보았다. 다행히도 상대는 난폭한 사람 같지는 않았다. 그의 표정에는 별로 공격성이 나타나 있지 않았다. 게다가 공격성을 갖기에는 나이가 들어 보였고 너무 지쳐 보였다. 상대가 공격할 의사가 없다는 것을 확인한 뒤에야 할은 주머니 속에 든 권총의 방아쇠 고리에서 손가락을 뺐다. 그리고 말했다.

"안녕하세요!"

그러나 상대는 멍한 눈으로 할을 굽어볼 뿐 아무 대답도 하지 않았다. 혹시 유령이 아닐까 하는 생각이 들 지경이었다. 게다가 그는 그런 자세로 오랫동안 서 있었던 듯 머리와 어깨에 하얗게 눈이 쌓여 있었다.

"길을 잃었어요. 혹시 호텔 우주피스로 가는 길을 아세요?"

그러나 상대는 여전히 아무 대꾸도 하지 않았다.

"상관없어요. 아무래도 당신은 영어를 못하는 것 같군요. 영어를 못 하는 건 당신 잘못이 아니지요. 당신은 영국이나 미국에서 태어나지 않았을 뿐이니까요."

밤길에 만난 사람 (Nocturnal Encounters) acrylic on canvas 60.5x50cm 2019

이렇게 말한 할은 서둘러 그 자리를 떠나 아무 길로나 잡아들었다. 어디랄 것도 없이 걸음을 재촉하면서 할은 혼자 중얼거렸다.

"젠장! 눈이 많이도 오는군."

그런데 그때였다. 할의 등 뒤에서 어떤 목소리가 말했다.

"너 할 아니니? 할 맞지?"

그 소리를 듣는 순간 할은 소름이 확 끼치는 걸 느꼈다. 그도 그럴 것이 그것은 영어도, 리투아니아어도 아닌 우주피스어였다.

"할! 너지? 네가 돌아온 거지? 그렇지?"

"당신이 어떻게 나를 알지요?"

"내 이름은 우르보나스, 난 네가 돌아올 줄 알았어."

다시 어둠 속의 목소리가 말했다. 그러나 저편 길모퉁이에 서 있는 사내는 꼼짝도 하지 않았다.

"우르보나스!"

할은 반가움과 놀라움으로 부르르 몸을 떨며 소리쳤다.

그런데 그때였다. 골목 저쪽에서부터 경보등을 켠 경찰 순찰차가 오고 있었다. 그걸 본 저편의 사내는 황급히 골목 안쪽으로 몸을 감추었다. 그런 그를 향하여 할이 소리쳤다.

"기다려! 잠깐만 기다려!"

Nocturnal Encounters

"And I've had a lovely evening," said Hal as he shook hands one more time. Hal located his suitcase and left.

Outside it was still snowing. The dank, chilly air soon had Hal hacking. He went down a dark lane, and in no time he was lost.

Worse, at this late hour, with the snow falling, Hal saw no one to ask directions of.

Several times he turned back toward Eigis's, and each time he was foiled by a junction with another alley. And then he turned a corner and almost bumped into a figure looming in the dark, a middle-aged man who must have been six and a half feet tall. Hal flinched and began to step back. The man stood like a statue, motionless, gazing down upon him.

Hal's finger closed around the trigger of the revolver in his pocket as he looked up at the man. Thankfully the man didn't look to be a violent sort, didn't seem predatory or aggressive. Maybe when younger the man was different, but now he simply seemed worn out.

Convinced he was no threat, Hal relaxed his trigger finger and called out a hearty hello.

The man made no response, merely gazed down at Hal with vacant eyes, ghostlike. How long had the man been standing there? Hal wondered as he noticed the thick coating of snow on the man's head and shoulders.

"I'm lost," Hal shouted, and he forced a smile in an attempt to suppress the fear building inside him. "Could you show me the way to the Hotel Užupis?" When this brought no response, Hal decided to beat a hasty retreat from this strange man. "Well, no matter. It seems you don't speak English. And that's no crime. Not everybody gets to be born in England or the U.S."

So saying, he scurried toward the first alley he saw. Hurrying blindly along, he grumbled to himself, "Damn, so much snow."

"Hal? Is that you, Hal?"

Hal felt a shiver go up his spine as the words registered. They weren't English and they didn't sound like Lithuanian-they were Užupis!

"Hal-it's you, isn't it? You've come back, haven't you?"

"How do you know my name?"

"My name is Urbonas. I knew you would come back." But the man still hadn't budged.

"Urbonas!" Hal called out, trembling half in delight and half in fear.

And then from the far end of the alley there appeared a patrol car, warning lights flashing. The man ducked out of sight.

"Just a minute!" Hal shouted. "Wait."

빌뉴스에서 만난 순례자

경찰 순찰차가 지나간 뒤에도 할은 그 자리에 그대로 서 있었다. 우르보나스가 되돌아올지도 모른다고 생각한 것 같았다. 그러나 한번 떠난 우르보나스는 다시 나타날 줄을 몰랐다. 눈이 내리고 있는 길모퉁이에 우두커니 혼자 서 있는 할의 모습은 조금 전까지 우르보나스가 서 있던 모습과 별반 다르지 않았다.

얼어붙을 것 같은 추위 속에 서서 얼마나 기다렸을까, 이윽고 골목 저편에 사람의 그림자가 나타났다. 할은 반가운 마음에 소리쳤다.

"우르보나스!"

저만치서 걸어오고 있는 사내는 그러나 아무 대꾸도 하지 않았다. 그는 한 발 한 발 내딛기가 몹시 힘겨운 듯 아주 느린 걸음으로 걸어오고 있었다. 기다리다 못한 할이 그에게로 달려갔다. 그런데 그는 우르보나스가 아니었다. 그는 커다란 벽시계를 짊어지고 있었다. 벽시계의 무게 때문에 그토록 힘겹게 걷고 있었다.

할은 몹시 낙담한 표정으로 그 자리에 우두커니 서 있었다. 벽시계를 짊어진 사내는 할의 존재는 안중에도 없는 듯 묵묵히 그의 길을 걸어가고 있었다. 커다란 벽시계를 짊어진 그의 모습은 흡사 관을 짊어진 것처럼 기묘해 보였다. 벽시계를 짊어진 사내가 사라진 뒤 할은 다시 무거운 발걸음을 옮겨 놓기 시작했다. 호텔로 돌아가는 길을 찾고 있는 것 같았다. 그러나 할은 그사이에 완전히 방향감각을 잃어버린 듯했다. 그는 복잡하게 얽힌 길을 헤매면서 호텔과 점점 멀어지고 있었다.

The Pilgrim in Vilnius

Hal remained where he was after the cruiser had passed. Perhaps Urbonas would return. Then again, what reason would he have to reappear? Standing mutely at the corner with the snow falling about him, Hal didn't look so different from Urbonas a short time before.

빌뉴스에서 만난 순례자 (The Pilgrim in Vilnius) acrylic on canvas 53x45.5cm 2019

How long had he been waiting in the numbing cold? From the far end of the alley there appeared a shadow. "Urbonas!" Hal cried in delight. The shadow took the form of a man trudging toward him. The man didn't answer, but his plodding bespoke a most laborious task. Hal rushed toward him. But instead of Urbonas it was the man toting the huge grandfather clock – no wonder he looked so burdened.

Deflated, Hal came to a stop. The man proceeded in silence, taking no notice of him. Hal imagined a man compelled to carry his own casket to the grave.

When the man was no longer in sight, Hal resumed his own leaden pace. Had he come across a familiar street leading back to the hotel? No, the maze of alleys was taking him farther away.

날 버리지마, 리마스 (Don't Leave Me, Rimas) acrylic on canvas 60.5x50cm 2019

날 버리지 마, 리마스

그렇게 어두운 밤길을 헤매고 있던 할은 뜻밖에도 리마스를 만났다. 그 역시 에거스 씨 댁에서 나와 숙소로 돌아가는 중인 것 같았다. 할은 너무나 반가워하며 소리쳤다. 그러나 리마스는 할을 보고도 전혀 반가워하는 기색이 아니었다. 오히려 할에게 뭔가 단단히 화가 나 있는 것 같기도 했다.

"리마스! 나는 길을 잃어버렸어. 호텔 우주피스로 돌아가야 하는데 도무지 길을 찾을 수가 없어."

할은 애원하는 표정과 목소리로 말했다. 그러자 리마스가 마지못해 말했다.

"호텔 우주피스로 가려면 방향을 잘못 잡았어. 반대 방향으로 가야 해."

이렇게 말하는 리마스의 표정에는 할을 위해 더 이상의 친절을 베풀 의사는 없어 보였다. 그런 리마스의 팔을 붙들며 할은 애원하는 목소리로 말했다.

"리마스, 날 버리지 말아줘! 난 지금 얼어 죽을 것 같단 말이야. 이 추운 길거리를 한 시간째 헤매고 있어. 그러니 제발."

이렇게 애원하는 동안에도 리마스는 경멸에 찬 표정으로 할을 바라보고 있었다.

"정직하게 말해 줘. 그 여자와 어떤 사이야? 그 여자와 잤어, 안 잤어?"

이 너무나 뜻밖의 말에 할은 어안이 벙벙한 표정으로 물었다.

"누구 말이야?"

"너와 함께 춤췄던 여자, 빌마."

"빌마와 어떤 사이냐고? 아무 사이도 아니야! 그녀와 잤느냐고? 아니."

리마스는 반신반의하는 표정으로 할의 말을 듣고 있었다.

"그런 오해는 할 필요가 없어. 나는 불과 일곱 시간 전에 처음으로 이 나라에 도착했어. 우주피스 공화국으로 가기 위해서 말이야. 그런데 운 나쁘게도 고약한 택시 운전사를 만났어. 그는 나에게 바가지를 씌우기 위해 한 시간 이상을 돌아다녔지. 그렇게 돌아다니다가 날 호텔 우주피스 앞에 떨어뜨려 놓고 가 버렸어. 호텔 우주피스 바에서 난 빌마를 처음 만났지. 그것도 빌마와 단둘이 만난 게 아니라 빌마의 친구들인 알비다스, 로웨나스, 마리우스, 아이스떼와 함께 말이야. 그리고 그들이 날 에거스 씨 댁의 파티에 데려갔던 거야. 그러니 빌마와 나는 어떤 사이랄 것도 없어."

그제야 리마스는 어느 정도 의심이 풀리는 표정으로 말했다.

"택시 운전사들이 외국인한테 바가지를 씌우는 건 민스크에서도 마찬가지야."

Don't Leave Me, Rimas

And then he saw a familiar face.

"Rimas!" Hal screamed in elation. His friend must have been on his way home from Eigis's.

But there was no joy in Rimas's face. Instead he looked angry.

"Rimas! Help me, I'm lost! I have to get back to the Hotel Užupis, but I can't find my way."

Grudgingly Rimas replied, "You're going the wrong way – you need to go in the opposite direction."

"Rimas!" Hal pleaded, gripping Rimas's arm. Don't leave me. I've been wandering for an hour and I'm freezing. Help me please!"

Rimas merely regarded Hal with contempt.

"I want an honest answer," he snapped. "What's your relationship with her? Are you sleeping with her or not?"

Hal was incredulous. "With who?"

"The girl you were dancing with – Vilma."

"Vilma? Am I sleeping with Vilma? Absolutely not."

Rimas looked ambivalent.

"Whatever gave you that idea? I only arrived here seven hours ago, you know. I'm going to the Republic of Užupis. And lucky me, I get a low-down, cheating taxi driver. He takes me for an hour-long joy ride and guess where he dumps me – not the Republic of Užupis but the Hotel Užupis. I met Vilma in the lounge there – for the first time. And her friends – Alvydas, Laurynas, Marius, and Aisté They took me to that party. And that's my relationship with Vilma."

Rimas finally began to soften. "The cab drivers in Minsk rip off foreigners too."

국무총리 토마스 (Tomas, Prime Minister) acrylic on canvas 60.5x50cm 2019

국무총리 토마스

"그래, 우주피스 공화국은 찾았소?" 블라디미르가 말했다.

"당신이 아직 리투아니아에 머물러 있는 걸 보면 아무래도 우주피스 공화국을 찾지 못한 것 같군. 언제까지 당신은 존재하지도 않는 공화국을 찾아 헤맬 거요? 좋소, 당신이 원한다면 내가 당신을 우주피스 공화국으로 데려다주지. 우주피스 공화국의 대통령도 만나게 해 주지"

할은 그러나 그의 말을 믿지 못하는 듯한 표정을 하고 있었다. 블라디미르는 계속 말했다.

"봐, 여기 강이 있지. 비넬레 강이지. 강 건너 저편이 곧 우주피스야. 우주피스란 리투아니아어로 강 건너 저편이란 뜻이니까."

할은 아무 말도 하지 않고 그가 하는 말을 듣고만 있었다.

다리 건너에는 우주피스란 이름의 카페가 하나 있었다. 카페 앞에서 블라디미르는 말했다.

"여기가 우주피스 공화국 청사인 셈이지. 들어와. 중요한 사람들을 소개해 줄테니."

검은 개들을 거느린 블라디미르는 절뚝절뚝 절면서 홀들을 둘러보았다. 대부분의 홀이 비어 있었지만 한두 홀에는 오전부터 술을 마시는 사람들이 있었다. 술을 마시는 사람들은 대부분 블라디미르를 알아보고 일어나 악수를 청했다. 블라디미르는 과장되게 반가워하는 표정과 목소리로 그들과 일일이 악수를 하였다. 그러면서도 누군가를 찾고 있는 듯 홀 안을 두리번거렸다.

그렇게 홀들을 일일이 헤집고 다닌 끝에 마침내 어느 홀에서 찾던 사람을 발견한 듯 블라디미르가 크게 소리쳤다.

"헤이, 우리의 총리 각하께서 여기 계셨군. 토마스, 일어나! 멀리서 당신의 백성이 찾아왔어."

그제야 자고 있던 사내는 고개를 쳐들었다. 얼굴이 온통 검은 수염으로 뒤덮여 있어서 나이를 가늠할 수 없는 그 사내는 벗어 놓았던 안경을 쓴 뒤에 반갑게 소리쳤다.

"헤이, 블라디미르!"

"대통령은 오늘 안 나왔나?"

블라디미르는 몹시 재미있어하는 표정으로 말했다.

"대통령은 리가에 갔어. 며칠 걸릴 거야."

이어 두 사람은 리투아니아어로 무어라 대화를 나누기 시작했다. 듣고 있던 토마스라는 사람은 연신 고개를 끄덕였다. 그러던 끝에 토마스는 자리에서 일어나더니 과장되게 정중한 태도로 손을 내밀며 말했다.

"어서 오십시오. 저는 토마스 셰파이티스입니다. 우주피스 공화국의 국무총리 겸 외무부 장관이지요."

그의 태도가 좀 우스꽝스러웠지만 할은 웃음을 억누르며 그와 악수를 했다.

"저는 할입니다."

"할?"

"그렇습니다. 할"

"우주피스 공화국에 오신 걸 환영합니다. 할 씨, 우주피스는 독립국입니다. 자, 앉으시죠."

할은 자리에 앉았다. 할이 자리를 잡고 앉자 검은 수염의 토마스가 자신의 외투 주머니에서 휴대용 술통을 꺼냈다. 그리고 보드카 잔에 술을 따르며 말했다.

"이것은 당신을 위한 것입니다, 할 씨."

할은 사양했다. 그러자 블라디미르가 말했다.

"보드카를 사양하다니! 보드카는 이 나라 사람들의 주식이야. 우주피스에서 보드카를 사양하는 사람은 살아남을 수가 없지."

Tomas, Prime Minister

"Well," said Vladimir, "have you managed to locate the Republic of Užupis? Since you are still here in Lithuania, it seems you haven't yet found Užupis

– how much longer will you wander in search of a state that dose not exist?"

"All right," said Vladimir, calm and collected. "I will take you to the Republic of Užupis if that is what you really want. And I will introduce you to the president." Seeing Hal's dubious expression, he continued:

"Here we are – the Vilnia River." Vladimir gestured toward the far side. "And there you are – Užupis. In Lithuanian, *Užupis* means 'on the far side of a river', see?"

Hal listened silently.

And off he went across the bridge, Hal in his wake. On the other side Vladimir came to a stop before a café named Užupis.

"I guess you could call this the Republic of Užupis capitol building. Come on in – I will introduce you to some very important people."

Vladimir limped about, black dogs in tow, scanning the rooms. Only a couple of them were occupied. To Hal's surprise – for it was still morning – the men were drinking. Most of them recognized Vladimir and rose to greet him. Vladimir shook hands with each in turn, his voice and expression conveying exaggerated delight. At the same time his eyes flicked about in search of "the very important people."

Finally, after canvassing each of the rooms, Vladimir cried out: "Hey, Your Excellency the Prime Minister!"

"Tomas! Wake up! A man of Užupis has come from far off to see you!"
This brought the man's head up. At first glance the man appeared to be in his mid-forties, but it was difficult to say for sure because of the black beard that covered his features. The man put his glasses on, then extended a hand in delight. "Hey, Vladimir!"

"Where's the president?" said Vladimir, looking hugely amused as he shook hands with the man called Tomas.

"He went off to Riga. Won't be back for a few days."
They continued to speak in Lithuanian, Vladimir presumably explaining the whys and wherefores of Hal's visit.

Black-bearded Tomas nodded continually as he listened. Finally he rose, and with exaggerated politeness extended his hand.

"Be my guest, my good man. May I introduce myself? I am Tomas Sabaitis,

Prime Minister and Minister of Foreign Affairs of the Republic of Užupis, at your service."

Hal found the man a bit ridiculous but managed to suppress a smile as he shook hands.

"My name is Hal."

"Hal?"

"That's right:Hal."

"Well, Mr. Hal, welcome to the Republic of Užupis, a sovereign state. Please, will you have a seat?" And when Hal was seated, Tomas produced a flask of vodka from his overcoat, filled a shot glass, and offered it to Hal. "In honor of Mr. Hal."

But Hal demurred.

"Oh?" said Vladimir. "Vodka is a staple in this country. A man who turns down vodka in Užupis will not survive."

빌마의 사랑

할은 문득 사십팔 시간 내에 리투아니아를 떠나지 않으면 외무성 외국인 담당자를 찾아가 신고해야 한다던 공항 출입국 관리소 직원의 말을 떠올렸다. 그래서 그는 어제 공항에서 받았던 서류를 찾아 주소를 확인해 보았다. 공교롭게도 할이 와 있는 곳이 바로 그곳이었다. 할은 커다란 문을 열고 안으로 들어갔다.

"여기가 외무성 외국인 담당자의 사무실인가요?"

할이 말했다. 그러자 여자는 몹시 반가워하는 표정과 목소리로 힘주어 말했다.

"이예스!"

그러나 할은 믿기지 않는다는 표정으로 사무실 안을 두리번거렸다. 그도 그럴 것이 외무성 외국인 담당자의 사무실이라고 하기에는 너무나 초라했기 때문이다.

"앉으세요! 앉으세요!"

여자는 의자 하나를 갖다 놓으며 안절부절못하는 태도로 말했다. 다소 지나치다 싶은 그녀의 친절에 할은 약간 어리둥절해 하면서 의자에 앉았다. 그러자 그녀가 말했다.

"당신이 찾아오리란 걸 알고 있었어요. 그래서 기다리고 있었지요."

그제야 할은 자신의 앞에 서 있는 여자가 다름 아닌 어젯밤 만났던 빌마라는 사실을 깨달았다.

"아, 당신이었군요. 당신이 여기서 일하고 있었군요! 저는 우선 체류 연장을 신청하려고 해요."

이렇게 말하며 할은 어제 오후 공항에서 받았던 서류를 건네주었다. 빌마는 서류를 받아들며 말했다.

"알고 있어요. 어제저녁 잉거가 퇴근하고 집에 와서 당신에 관해 이야기해 주었거든요. 그래서 저는 당신이 저를 찾아오리라는 걸 알고 있었어요."

"잉거가 누구죠?"

"잉거는 제 여동생인데 공항 출입국 관리소에서 일하죠. 너무도 잘생긴 동양인 신

빌마의 사랑 (For the Love of Vilma) acrylic on canvas 60.5x50cm 2019

사 한 사람이 비자도 없이 입국했다고 말했어요. 우주피스 공화국으로 간다고 하면서 말이에요. 그래서 어젯밤에 호텔 우주피스로 갔지요. 당신을 만날 것을 기대하면서 말이에요. 그리고 당신을 만났고요."

빌마는 꿈꾸는 듯한 표정으로 계속했다.

"당신이 호텔 우주피스에 들어서는 순간 저는 첫눈에 알아볼 수 있었어요. 머리에는 온통 눈을 뒤집어쓴 채 여행용 가방을 들고 들어서는 당신의 모습은 정말이지 환상적이었어요. 아! 그 우수에 찬 표정이라니..."

듣고 있기가 거북했던지 할은 화제를 바꾸려는 듯 말했다.

"체류 연장은 어렵지 않겠지요?"

그러자 빌마는 잠시 입을 다물고 있다가 말했다.

"그런데 체류 연장은 그다지 쉽지가 않아. 상당한 이유가 있어야 하지요. 가령, 천재지변 같은... 그게 아니라면 리투아니아 여자와 결혼을 하거나…."

그런데 그때 문 두드리는 소리가 났다. 문을 열고 들어온 이들은 아까 복도에서 할이 만났던 거위를 든 농부 부부였다. 농부의 아내가 들고 있던 거위를 빌마 앞에 내밀어 보이며 이렇게 말했다.

"우리 딸 유디타가 가출을 했단 말이에요. 그 애는 고작 열세 살밖에 안 됐어요. 이 거위를 드릴테니 제발 유디타를 찾아 주세요."

순간 할은 깜짝 놀라지 않을 수 없었다. 그도 그럴 것이 농부의 아내는 우주피스 어로 말하고 있었다. 그러나 빌마 양은 그녀의 말을 알아들었는지 못 알아들었는지 막무가내로 그들을 문밖으로 밀쳐낸 후 문까지 잠가 버렸다. 문이 잠기자 주먹으로 쾅쾅 문 두드리는 소리와 함께 무어라 소리치며 애원하는 농부 부부의 목소리가 문밖에서부터 들려왔다.

For the Love of Vilma

Just then he remembered what the immigration official at the airport had told him the previous afternoon: if he didn't leave Lithuania within forty-eight hours he was to visit the Ministry of Foreign Affairs and report to the office that dealt with foreign nationals. He managed to find the form he'd been issued, and checked the address – he had arrived at the very place.

"Is this the office for foreign nationals?"

"Yes!" cried the woman in jubilation.

Hal looked about the office, doubtful. How could such an unadorned space be the domain of the Ministry of Foreign Affairs official who was responsible for foreign nationals?

"Sit – sit!" said the woman as she produced a chair for Hal.

What to make of the fidgety woman's grandiloquent friendliness?

"I knew you would come," said the woman once Hal was seated. "I have been waiting for you."

Hal then realized that she was none other than Vilma, from the previous night.

"It's you!" he exclaimed, delighted Vilma had recognized him. "So this is where you work! I'm here to extend my stay." And he handed Vilma the form he had been given at the airport.

"I know," said Vilma as she took the form. "Inga told me about you when she came home from work yesterday. That is why I knew you were coming."

"Who is Inga?"

"My little sister. She is the immigration inspector you met at the airport. She told me that a very handsome Asian gentleman arrived and that he did not have a visa. And that he was going to the Republic of Užupis. And so I went to the hotel last night, expecting I would see you. And I did. I knew who you were the instant you arrived at the hotel," Vilma continued in a dreamy tone. "You in your snow-coated hair, with your suitcase...it was fantasy itself. And your face, the mystique of it!"

Discomfited, Hal attempted to return to the matter at hand.

"The extension won't be a problem, will it?"

Vilma was mum, seemingly lost in thought, and then she said, "Well, it's not that simple. There has to be a compelling reason. A natural disaster, for example, or...marriage to a Lithuanian woman..."

Suddenly there was a knock on the door. The door opened and there stood the farm couple with the goose. And the wife held out the goose to Vilma, saying, "I told you, our daughter Judita ran away. She's only thirteen. We're giving you our goose – won't you please find her for us?"

Hal perked up at these words, which were unmistakably Užupis.

It wasn't clear if Vilma had understood, but she held her ground, finally shoving the woman out into the hall with her husband. No sooner had she locked the door than the couple began pounding on it, screaming and pleading.

러시아 정교회에서 요르기타 (Jorgita at the Russian Orthodox Church)
acrylic on canvas 60.5x50cm 2019

러시아 정교회에서 요르기타

요르기타의 모습은 어디서도 찾아볼 수 없었다. 할은 지친 듯한 표정으로 나무 의자에 털썩 주저앉았다. 그의 바로 앞에는 족자 하나가 걸려 있었는데 그 족자에는 부리부리한 눈과 길고 풍성한 흰 수염을 가진 러시아 정교 장로 한 사람의 초상이 그려져 있었다.

그때 다른 쪽 모퉁이에서 잽싸게 성호를 긋고 사라지는 요르기타의 모습이 다시 눈에 들어왔다. 잽싸게 성호를 긋는 그녀의 손동작은 흡사 닭이 모이를 쪼는 듯 정교하면서도 민첩했다. 할은 다시 그녀가 사라진 쪽으로 달려갔다. 할이 벽 모퉁이를 돌아서자 요르기타가 바로 거기에 있었다. 그녀는 벽에 걸린 성인의 초상화 앞에서 두 손을 모은 채 기도하고 있었다. 요르기타는 이제 바로 할의 앞에 서서 꼼짝도 하지 않고 있었다.
"요르기타!"

꽤 오랜 시간이 흐른 뒤에야 그녀는 기도를 마친 듯 성호를 그었다. 그러고는 다른 성인의 초상 앞으로 옮겨 가며 낮고 은밀한 목소리로 빠르게 말했다.
"당신을 위해 기도했어요. 당신이 무사히 우주피스 공화국을 찾게 해 달라고."
"고맙습니다."
"제 남편도 우주피스 공화국을 찾아가다가 죽었어요."
벽 모서리에 있는 성상 앞에 향을 피우면서 요르기타가 속삭였다. 할은 어안이 벙벙한 표정을 하고 있을 뿐 미처 무어라 대꾸를 하지 못했다.
"자살이라고들 하지만 전 믿지 않아요. 살해당한 게 틀림없어요."
이렇게 말하는 그녀의 얼굴에는 슬픔의 빛이 스쳤다. 그러나 그녀는 애써 자신을 억제하면서 성호를 그었다.
"우주피스 공화국에 대해서 아시는 걸 들려주세요."

할이 말했다. 요르기타는 그러나 기도하느라 대답이 없었다. 잠시 후 기도를 마치고 그녀가 속삭였다.

"지금은 안 돼요. 오늘 밤 아홉 시, 마노 카비나에서 만나요."

"마노 카비나?"

Jorgita at the Russian Orthodox Church

Once again there was no sight of Jorgita. Exhausted, Hal slumped into a chair. On the wall before him was a scroll containing a portrait of a church elder with eagle eyes and a bushy white beard.

Hal looked about, glassy-eyed, and there in a different recess was Jorgita, making the sign of the cross with the same deft motion, a nimble, delicate movement, not unlike that of a chicken pecking at feed. And then she was out of sight once again, with Hal in hot pursuit.

He arrived at the next recess and there she was, hands clasped together and praying before a portrait of another saint. She was right in front of him, motionless.

"Jorgita!"

Finally she finished her prayer and made the sign of the cross. As she moved to the next portrait she spoke quickly to Hal in a soft, secretive tone: "I'm praying for you. I'm praying that you find the Republic of Užupis safely."

"Thank you."

"My husband went looking for the Republic of Užupis too, and he died," Jorgita whispered as she lit a stick of incense.

Taken aback, Hal listened silently.

"They say he killed himself, but I don't believe it. There's no doubt in my mind he was murdered." A tinge of sadness came briefly to her face, but she managed to suppress it as she made the sign of the cross.

"Would you tell me what you know about the Republic of Užupis?" said

Hal.

Intent on her prayers, Jorgita didn't immediately respond. "I can't now," she whispered. "Tonight at nine, meet at Café Mano."

"Café Mano?"

요르기타의 편지 (The Letter of Jorgita) acrylic on canvas 53x45.5cm 2019

요르기타의 편지

아홉 시가 되었지만 요르기타는 오지 않았다. 그 대신 커다란 거위 한 마리를 품에 안은 오십 대 중반의 덩치 큰 농부 한 사람이 카페 마노 카비나의 문을 열고 들어섰다. 그는 어제 오후 공항에서 할이 본 바로 그 농부였다. 그는 잠시 카페 안을 두리번거리다가 할을 발견하고는 다가왔다. 요르기타의 전갈을 가져온 것 같았다. 할에게로 다가온 농부는 빠르게 주위를 살피고는 무어라 말했다. 그가 하는 말이 리투아니아어인지 러시아어인지 폴란드어인지 할로서는 알 수 없었다. 그럼에도 짐작은 할 수 있었던 것은 농부가 '요르기타'라는 말을 두어 번 발음했기 때문이다. 아마도 요르기타를 기다리느냐고 묻는 것 같았다. 그래서 할이 고개를 끄덕이자 농부는 쪽지 한 장을 건네주며 다시 무어라 말했다. 그러고는 할의 대답을 기다리지도 않고 총총히 사라졌다. 그의 행장은 사람들의 주의를 끌기에 충분했지만, 이상하게도 카페 안의 사람 중 누구도 그에게 특별히 관심을 가지지 않았다.

그가 사라진 뒤 할은 쪽지를 펼쳐 보았다. 낯익은 필체였다. 요르기타가 쓴 것이 확실했다.

"지금 곧 아래 주소로 찾아오세요."

그리고 그 밑에 주소와 약도가 있었다. 할은 서둘러 외투를 입고 모자를 쓰고 계산을 하고 자신의 여행용 가방을 들고 밖으로 나갔다. 밖은 몹시 추웠다.

The Letter of Jorgita

Nine o'clock arrived, but not Jorgita. Instead Hal saw, coming through the door of Café Mano, a large farmer clutching a huge goose to his chest – the same middle-aged man Hal had glimpsed outside the airport the previous afternoon.

The farmer looked about, spotted Hal, and approached. *He's brought a mes-*

sage from Jorgita, Hal decided. The man made certain it was Hal, then said something to him, whether in Lithuanian, Russian, or Polish, Hal couldn't tell. But he thought he heard Jorgita's name. *Are you waiting for Jorgita?* – that was what the man must be saying. When Hal nodded, the man handed him a folded sheet of paper and spoke again. Without waiting for an answer, he rushed off, moving surprisingly quickly for a big man. The man's attire, not to mention the goose, seemed out of place in the cafe, but, to Hal's surprise, none of the others had taken particular notice of him.

Hal unfolded the note. He recognized the writing as Jorgita's. The message read simply, "Please come now to the following address." Below was an address and a sketch map. Hal quickly donned coat, muffler, and hat, paid for his *pálinka*, and stepped outside, suitcase in hand. The air was frigid.

요르기타의 버섯 스프

"들어오세요."

집 안으로 들어선 그녀가 말했다. 집안은 전체적으로 몹시 어두웠다. 따라서 내부 구조를 알 수 없었지만 그럼에도 몹시 넓어 보였다. 마룻바닥으로 된 넓은 거실 한가운데에는 육중한 탁자가 놓여 있었고, 거실 저편에는 커다란 벽난로가 설치되어 있었다. 그러나 벽난로에는 불이 피워져 있지 않았다.

"마노 카비나에서 만나려고 했는데, 아무래도 위험할 것 같아서 여기까지 오시게 한 거에요. 게다가 우주피스 공화국과 관련한 제 남편의 유품들을 보여 드리고 싶었거든요. 당신이 우주피스 공화국을 찾아가는 데 도움이 될지도 모르니까요."

할이 모자와 외투를 벗자 그녀는 그것을 받아 들고 잠시 어둠 속으로 사라졌다. 그 사이에 할은 쿨룩쿨룩 기침하며 어두운 거실 안을 서성이고 있었다.

"감기에 걸린 것 같군요. 여기 앉으세요."

어둠 속으로 사라졌던 요르기타가 다시 나타나며 말했다. 할은 거실 한가운데 놓인 육중한 탁자 앞 의자에 앉았다. 할이 자리를 잡고 앉자 요르기타는 식탁보를 깔고 그 위에 스프를 담을 대접과 스푼을 놓으며 말했다.

"뜨거운 스프를 가져올 테니 기다리세요."

이렇게 말한 그녀는 다시 어둠 속으로 사라졌다. 그리고 잠시 후 스프가 든 항아리를 들고 나타났다.

"자! 뜨거운 스프를 드시면 기침이 좀 가라앉을 거예요."

요르기타는 김이 무럭무럭 나는 스프를 할 앞에 놓인 대접에 떠 놓으며 말했다.

"고맙습니다."

할은 몹시 지치고 허기가 졌던 듯 허겁지겁 스프를 떠먹기 시작했다. 요르기타는 그런 그의 곁에 서서 그가 먹고 있는 모습을 바라보고 있었다. 정신없이 후룩후룩 스프를 떠먹고 있던 할이 문득 고개를 들며 말했다.

요르기타의 버섯 스프 (Jorgita's Mushroom Soup) acrylic on canvas 65x53cm 2019

"정말이지 이렇게 맛있는 스프는 제 평생 처음인 것 같아요. 그런데 대체 이건 무슨 스프죠?"

"생선과 야채를 넣은 스프지요. 우주피스 전통 요리 중 하나인데, 리투아니아 사람들은 만들 줄 몰라요."

"그런데 수프에서 재스민 향기가 나는 것 같네요, 꽃을 넣었나요? 이상해요. 이렇게 재스민 향기가 나는 스프를 전에도 먹어본 적이 있는 것 같아요. 언제 어디서였는지는 생각나지 않지만 말이에요."

이렇게 말한 할은 다시 스프를 후룩후룩 떠먹기 시작했다.

Jorgita's Mushroom Soup

"Please come in," she said from inside, where she stamped on a rug at the threshold for good measure. Hal followed Jorgita's example, stamping on the mat outside and scuffing the soles of his shoes on the rug inside.

The interior was dark. Hal couldn't see the layout, but sensed that the apartment was capacious. They seemed to be in a large living room with a bare wood floor, in the middle of which sat a solid, heavy-looking table. Set into the far wall was a large cavity that appeared to be a fireplace.

"I wanted to meet you at Café Mano, but I decided it was too risky. That's why I brought you here. Besides, I wanted to show you some of my late husband's belongings – they're connected with the Republic of Užupis, and since you're going there, I thought they might be of some interest to you."

As she spoke, Hal removed his coat and hat and she disappeared into the gloom to hang them up. Hal lingered in the dark living room, coughing.

"You sound like you've caught a cold. Please, sit," said Jorgita as she reappeared.

Hal took a seat at the table.

Once he was settled, Jorgita spread a tablecloth and placed a soup bowl and spoon before him. "I'll be right back," she said, disappearing again. Presently she came back with a pot of soup. "Here you are! Hot soup is just what you need for your cough." And she ladled the steaming liquid into the bowl.

"Thank you." Hal was exhausted and he tucked into his soup with the alacrity of a starving man. Jorgita stood beside him, looking on approvingly as he slurped the soup, unmindful of all else. He looked up at her. "I really think I have never tasted soup this good in all my life. What is it exactly?"

"Vegetable fish soup. It's traditional Užupis fare – the Lithuanians don't know how to make it."

"Is there jasmine in it? It's strange – I feel like I've eaten this soup with the jasmine scent before. But I couldn't tell you where or when." Hal slurped more soup and bit into a slice of bread. Jorgita looked on approvingly.

왼손잡이 여인

삼 분쯤 지났을 때, 그 약간 침통한 분위기에서 벗어나기 위해 일부러 그렇게 하듯 요르기타가 해맑은 표정으로 방긋 웃으며 리볼버의 총신을 자신의 관자놀이에다 갖다 댔다. 그런데 그녀는 왼손으로 그런 행동을 해 보였기 때문에 몹시 어설프고 장난스러워 보였다. 그런 그녀의 동작을 보고 있다가 할이 말했다.

"당신은 왼손잡이로군요. 저의 어머니도 왼손잡이였어요."

그러자 요르기타는 문득 생각났다는 듯이 진열장 안에서 조그마한 시집을 한 권 꺼내어 들며 말했다.

"당신은 우주피스어를 아시나요?"

"아뇨, 알아들을 수는 있는데 말하는 건 안 돼요. 너무나 오랫동안 쓰지 않아서 그런가 봐요."

"어쩜 당신은 제 남편과 똑같은 말을 하나요? 그럼 들어 보세요. '식민지의 시인'이라는 제목의 시예요."

이렇게 말한 요르기타는 역시 왼손으로 책장을 넘겨 시 한 편을 찾아냈다. 그리고 우주피스어로 읽어 내려가기 시작했다.

모든 식민지의 시인은 왼손잡이들이다.
왼손으로 먹고
왼손으로 마시고
왼손으로 사랑하고
왼손으로 수음한다.
- 물론 시계는 오른손에 찬다.

왼손잡이 시인의 사랑은 완전할 수가 없는 것이다.
그래서 모든 왼손잡이 시인들의 딸들은
벙어리가 된다.

왼손잡이 여인 (Left-handed Woman) acrylic on canvas 60.5x50cm 2019

침묵의 노래를 부르고
소리 없는 울음을 운다.
- 물론 시계는 오른손에 찬다.

벙어리 딸들의 사랑은 완전할 수가 없는 것이다.
그래서 모든 벙어리 딸들의 남편은
장님이 된다.
어둠의 귀에다 속삭이고
어둠의 품에 안겨 잠든다.
- 물론 시계는 오른손에 찬다.

세상 모든 식민지의 시인은 왼손잡이들이다.
왼손으로 그들의 시를 쓰고
왼손으로 벙어리 딸들을 키우고
왼손으로 장님 사위를 맞이한다.
- 물론 시계는 오른손에 찬다.

Left-Handed Woman

Minutes passed and then Jorgita, in an effort to dispel the gloom, forced a sparkling smile and put the muzzle of the revolver to her temple. She used her left hand, making the gesture somehow clumsy and playful.

"I didn't know you were left-handed. My mother was left-handed too." said Hal.

As if she had just remembered something, Jorgita returned to the cabinet and found a slim volume of poetry. "Do you know the Užupis language?" she asked Hal.

"I can understand it but I can't speak it. I guess it's been too long."

"How curious – you sound just like my husband. Well, I'd like to read you a poem—it's called 'Poets of a Colonized Land.' Leafing through the book with her left hand, she found the poem and began to read in Užupis:

All of the poets in the colonies are left-handed.
They eat with their left hand.
They drink with their left hand.
They love with their left hand.
They masturbate with their left hand.
-Of course, they wear their watch on their right hand.

The love of the left-handed is not a perfect love.
So, all of the daughters of the left-handed poets are mute.
They sing a mute song.
They weep without crying
-Of course, they wear their watch on their right hand.

The love of the mute daughters is not a perfect love.
So, all of the husbands of the mute daughters are blind.
They whisper into the ear of darkness.
They sleep in the bosom of darkness.
-Of course, they wear their watch on their right hand.

All of the poets in the colonies are left-handed.
They write their poems with their left hand.
They raise their mute daughters with their left hand.
They greet their blind sons-in law with their left hand.
-Of course, they wear their watch on their right hand.

거지 노파의 예언

성당 앞에 쪼그리고 앉아 무엇인가를 우물우물 씹고 있던 노파 한 사람이 할을 발견하고는 앉았던 자리에서 발딱 일어나 쪼르르 할에게 달려왔다. 그녀는 몹시 반갑다는 표정으로 무어라 재잘재잘 지껄이며 할의 얼굴 위에 여러 차례 성호를 그어 주었다.

"할머니! 또 만났네요! 춥지 않으세요?"

지난번처럼 적선을 원하는 모양이라고 생각한 할이 지갑을 꺼내어 들자 노파는 단호한 표정으로 손을 내저었다. 노파는 돈을 바라는 것이 아니라는 자기 뜻을 분명히 전하고 싶어 하는 것 같았다.

"괜찮아요. 할머니. 그냥 받으세요. 저한테는 이제 돈이 별로 필요하지 않답니다."

그때였다. 할의 등 뒤에서 누군가가 소리쳤다.

"할! 당신 여기 있었군. 여기서 뭐 하는 거야?"

할은 뒤돌아보았다. 그의 등 뒤에는 검은 눈동자의 알비다스가 서 있었다. 할은 몹시 반가워하며 말했다.

"오! 알비다스! 마침 잘 왔군. 이 할머니가 대체 무슨 말을 하는지 통역 좀 해 주겠어?"

"이 할머니는 그저께 밤에 당신한테 이미 백 리타를 적선 받았으니 더는 받을 수 없다고 하는군. 그리고 지난번에 받은 백 리타도 사실은 너무 큰 돈이라면서, 그 큰 돈을 받은 대신에 당신에게 축복의 소식을 전하고 싶다고 하는군."

"축복의 소식이라고?"

"말하자면 당신의 운명을 점쳐 주겠다는 것이지. 이 나라에는 이런 점쟁이 노파들이 더러 있는데, 드물게는 용한 사람들도 있다고 하더군."

듣고 있던 할은 약간 민망스러워하는 표정을 지으며 양어깨를 으쓱했다. 그러자 노파는 다시 노파에게 무어라 말했다. 듣고 있던 알비다스는 갑자기 푹 웃음을 터뜨리면서 할에게 통역했다.

거지 노파의 예언 (The Old Woman's Prophecy) acrylic on canvas 60.5x50cm 2019

"성녀 잔 다르크의 할아버지인 당신은 당신의 손녀를 만날 것이고, 당신의 손녀는 조국을 구할 것이라고 하는군."

"그게 대체 무슨 말이지?"

할이 물었다. 그러자 알비다스 역시 모르겠다는 듯이 양어깨를 으쓱해 보였다.

"착한 아내는 제비들을 키우고 제비들은 착한 백성들을 키운다고 하는군."

"그건 또 무슨 소리야?" 할이 물었다.

"그야 나도 모르지."

The Old Woman's Prophecy

Hal noticed an old woman squatting in front of the cathedral. She was munching on something, jaws hard at work. Spotting Hal, the woman shot to her feet and scudded over to him, and began a swooning chatter, all the while making the sign of the cross before him.

"Grandmother!" Hal rejoiced. "We meet again! Aren't you cold?" He took out his wallet, assuming the woman would ask for a donation, like last time. But when she saw the wallet, the old woman's face hardened – no, she wasn't expecting payment.

"It's all right, grandmother, take it. I have more than enough for what I need."

Just then he heard a voice.

"Hal! Here you are! What are you doing?"

Hal turned and there was dark-eyed Alvydas. "Alvydas! You're just in time – could you tell me what in heaven's name this lady is saying?"

"She is saying she accepted a hundred *litas* from you the other night and she cannot accept any more. And in return for all that money you gave her, she would like to extend you a blessing."

"A blessing?"

"Yes – she wants to tell you your fortune. We have quite a few of these old fortune tellers, and some of them are ever accurate."

Hal shrugged in embarrassment.

The old woman said something more, and suddenly Alvydas broke out laughing.

"She says you are the grandfather of the holy maiden Jeanne d'Arc, that you will meet your granddaughter and she will be the savior of your homeland."

"What could she possibly be talking about?" said Hal.

Alvydas shrugged, just as perplexed as Hal.

The woman said something more.

"A good wife nurtures swallows," Alvydas interpreted. "And swallows nurture good citizens."

"And what's that supposed to mean?" asked Hal, even more confounded.

"I do not know any more than you," said Alvydas.

꽃 파는 소녀, 마리아

"이 메시지는 반드시 리마스라는 사람에게만 전해 주세요."

카운터의 남자는 알았다고 하며 봉투를 받아 간수했다. 할은 호텔 우주피스를 나왔다.

할이 막 호텔 우주피스를 나서고 있을 때였다. 호텔 현관 밖에 쪼그리고 앉아 있던 꽃 파는 소녀가 할을 발견하고는 발딱 일어났다.

"너 여기서 뭐 하니? 아침부터 꽃을 살 사람은 없을 테고…, 설마 이 추운 데서 웅크리고 앉아 잠을 잔 건 아니겠지?"

할은 걱정스러운 표정으로 소녀를 굽어보며 말했다. 그러나 그녀는 할의 말에는 대꾸도 하지 않고 자신의 주머니에서 지폐와 동전을 한 움큼 꺼내더니 할 앞에 내밀었다. 그런 그녀를 몹시 의아스러워하는 눈으로 바라보면서 할이 물었다.

"이게 뭐지?"

"거스름돈이란 말이에요."

그런데 그것은 우주피스어였다. 할은 소녀 앞에 웅크리고 앉았다.

"너, 우주피스어를 할 줄 아니?"

물론 할의 말은 영어였다. 그런데도 소녀는 고개를 끄덕였다. 소녀는 계속해서 말했다.

"꽃 한 송이에 이백 리타는 너무 비싸다고 저의 할머니는 당신에게 거스름돈을 돌려줘야 한다고 했어요."

할은 소녀가 우주피스어를 쓴다는 사실이 너무 놀랍고 대견해서 소리쳤다.

"대체 넌 어디서 그 말을 배웠니?"

할은 그녀의 손목을 낚아채듯 움켜잡으며 말했다.

"그저께 밤에도 말했듯이 이건 너에게 준 선물이야. 그걸 도로 받을 수는 없단다. 우주피스 공화국에 가면 나한테 이 돈은 더는 필요가 없어. 그러니 제발 그냥 받아 두렴."

꽃 파는 소녀, 마리아 (Marija, the Flower Girl) acrylic on canvas 65x53cm 2020

소녀는 약간 놀라는 표정을 지으며 말했다.

"우주피스 공화국이라고 하셨나요?"

"그래, 우주피스 공화국. 그런데 나는 거기를 찾을 수가 없구나."

그러자 소녀가 말했다.

"저의 할머니가 우주피스 공화국을 알아요."

이 너무나도 뜻밖의 말에 할은 소녀의 두 어깨를 움켜잡으며 말했다.

"너 뭐라고 했니?"

"할머니가 우주피스공화국을 알아요."

"네 할머니가 어떻게 그걸 아니?"

"할머니는 옛날에 거기 살았대요."

"지금 네 할머니는 어디 살고 계시니?"

"아듀티스키스."

"아듀티스키스?"

Marija, the Flower Girl

"Please make sure you give this only to Rimas—no one else."

"All right," said the young man before locking the envelope in a drawer.

Hal had just stepped back outside when a girl crouched at the entrance sprang to her feet in front of him.

"What are you doing here? There aren't many people buying flowers at this time of day...You weren't dozing off, were you, hunched up in the cold like this?"

Instead of answering, the girl reached in her pocket, produced a handful of coins and bills, and held them out to Hal.

"What's this?" said Hal dubiously.

"I'm trying to tell you that this is your change."

This time Hal understood, for the girl had spoken in Užupis.

Hal squatted in front of her. "You speak Užupis?"

Even though Hal was speaking, as usual, in English, the girl nodded, then continued in Užupis: "My grandmother told me that two hundred *litas* is way too much for a flower. She told me I had to give you back some money."

Hal was so astonished, and so proud of the girl, that he could only ask, "Where in heaven's name did you learn Užupis?"

Clutching the girl's wrist, Hal said, "I told you the other night—this is my gift to you; I can't take it back." And he put the money back in the girl's hand. "But you see," Hal practically pleaded, "I'm going to the Republic of Užupis, so I won't need this money any more. For the love of God take it!"

The girl was taken aback. "Did you say Republic of Užupis?"

Hal nodded. "Yes, the Republic of Užupis." And then, in a pleading tone, "But I don't know how to get there."

"My grandmother knows the Republic of Užupis," said the girl.

Astounded, Hal placed his hands on the girl's shoulders. "What did you say?"

"My grandmother knows the Republic of Užupis."

"But how?"

"She used to live there."

"Where does your grandmother live now?"

"Adutiškis."

"Adutiškis?"

아듀티스키스로 가는 길

택시 운전사 요나스가 서둘러 택시에 오르더니 다급하게 차를 돌려 도망치듯 떠났다. 택시가 떠나버리자 주변은 갑자기 고요해졌다. 텅 빈 벌판 가운데 눈 내리는 길가에서 할은 커다란 여행용 가방을 든 채 우두커니 혼자 서 있었다.

오 분쯤 지난 뒤에야 할은 아듀티스키스로 향하는 길을 따라 걷기 시작했다. 그러나 쌓인 눈 때문에 발이 푹푹 빠져서 걷기가 여간 힘들지 않았다. 그렇게 한 시간쯤 허우적거리며 눈 속을 걷고 있을 때 저만치 세워져 있는 인공 구조물이 할의 눈에 들어왔다. 그것은 길가에 설치된 버스 정류장이었다. 할은 벤치 위에 쌓인 눈을 손으로 밀어내고 그 위에 앉았다.

그런데 그때였다. 커다란 벽시계를 짊어진 남자 한 사람이 할이 걸어온 길을 따라 걸어오고 있었다. 할은 놀랍고 반가운 마음에 벌떡 일어나며 소리쳤다.

"여보세요! 어디로 가세요?"

그러나 벽시계를 짊어진 사내는 할의 존재를 의식하지 못하는 듯 아무런 반응도 보이지 않고 묵묵히 걸어와 할이 서 있는 승차장 앞을 지나가려 했다. 할은 눈 덮인 길 가운데로 뛰어나가 그의 앞을 가로막으며 소리쳤다.

"어디로 가세요? 아듀티스키스로 가세요?"

할이 앞을 가로막자 사내는 갑자기 왼쪽으로 방향을 틀더니 길에서 벗어나 저만치 보이는 언덕을 향하여 똑바로 나아가기 시작했다.

할이 소리쳤다.

"왜 대답이 없죠? 당신은 귀머거리에 벙어리인가요?"

그러나 벽시계를 짊어진 사내는 할의 말에는 아랑곳하지 않고 저편에 보이는 언덕으로 가기 위하여 눈 덮인 경작지로 들어서고 있었다.

"돌아와요! 내 간섭하지 않을 테니."

할이 이렇게 소리쳤지만, 자신의 목소리만 메아리가 되어 돌아올 뿐 사내는 자신의 갈 길이 본래 그쪽이었다는 듯 뒤도 돌아보지 않고 눈을 헤치고 나아갔다. 그리

아듀티스키스로 가는 길 (Road to Adutiškis) acrylic on canvas 60.5x50cm 2019

고 마침내 언덕을 오르기 시작했다.

이윽고 벽시계의 사내가 언덕 꼭대기에 이르렀다. 거기까지 올라간 그는 지고 온 벽시계를 내려놓았다. 그리고 시계의 태엽을 감으려는 듯 시계 뚜껑을 열었다. 그러자 그때 벽시계에서 수많은 새가 쏟아져 나왔다. 새들은 시끄러운 소리로 지저귀면서 까맣게 허공을 날아오르고 있었다. 벽시계의 사내는 허공으로 날아오르는 무수한 새들을 올려다보고 있었다. 그런 그의 모습을 지켜보고 있던 할은 몹시 재미있는 듯 너무나 즐거운 표정으로 흡사 미친 사람처럼 혼자 웃기 시작했다. 온 대지에 눈이 덮여 있어서 그렇겠지만 할의 웃음소리가 메아리가 되어 돌아오고 있었다.

정신없이 웃고 있던 할은 마침내 내려놓았던 여행용 가방을 집어 들었다. 그리고 다시 걷기 시작했다.

Road to Adutiškis

The taxi driver, Jonas bustled back inside his taxi, swung it about, and departed as if he couldn't wait to leave.

The surroundings became deathly silent. Suitcase in hand, Hal stood beside the snowy road amid the empty expanse of fields. Some five minutes passed before he set out for Adutiškis. The going was almost impossibly difficult, his feet sinking deep into the snow with every step.

After an hour Hal caught sight of a hut-like structure and floundered toward it as best he could. Up close he saw it was a bus stop. And there was also a bench. Hal pushed aside enough snow to make room to sit.

Just then a man appeared from the same direction whence Hal had come; he was toting on his back a huge grandfather clock.

Hal jumped to his feet, ecstatic. "Hello, sir!" he called out.

"Where are you going?"

But the man took no notice of Hal marched past him in silence.

Hal scampered out onto the snowy road and intercepted the man. "Where are you going?" he shouted. "Are you going to Adutiškis?"

Instead of stopping, the man turned abruptly left and off the road, and made straight for a hill.

"Why don't you answer?" Hal shouted after him. "Are you hard of hearing? Can you speak?"

The man continued on as if Hal didn't exist, plodding through the snow-covered farmland toward the hill.

"Come back!" he shouted. "I'm not going to bother you!"

But he heard only the echo of his voice. Without a backward look the man continued to plow ahead toward his destination. Presently he reached the foot of the hill and began to climb.

Presently the man arrived at the crest of the hill, where he set down his clock. Hal saw the man open the cover and concluded he was going to wind it. But instead, out flew a flock of birds, and with a clamor of chirping they formed a dark cloud in the sky. The man's gaze followed the flock upward. Greatly amused, Hal cackled madly. The echoes resounded all the more for the emptiness of the snow-covered landscape.

Finally Hal came back to his senses. Hefting his suitcase, he resumed his journey.

아듀티스키스의 요르기타

기도소 앞에서 할이 잠시 숨을 고르고 있을 때 저만치 길을 따라 소년 하나가 깊은 사색에 잠긴 표정으로 걸어오고 있었다. 할은 반가운 마음에 허겁지겁 소년에게 달려가며 소리쳤다.

"얘야! 여기가 아듀티스키스니?"

그러나 소년은 놀란 눈을 한 채 입을 딱 벌렸다. 한 손에는 커다란 여행용 가방을 들고 머리와 어깨에 온통 눈을 뒤집어쓴 채 불쑥 나타난 외국인을 보고 놀라는 것은 당연했을 것이다.

"놀라지 마라, 얘야! 제발 놀라지 마! 나는 마리아의 할머니 요르기타를 찾아왔단다. 마리아의 할머니 요르기타."

그러나 소년은 전혀 알아듣지 못하는 표정이었다. 그래서 할은 애원하는 표정과 목소리로 소리치듯 말했다.

"제발 말 좀 해 다오, 마리아의 할머니 집이 어딘지. 나는 우주피스 공화국으로 돌아가야 한단 말이야. 너 우주피스 공화국이 어딘지 아니?"

할이 이렇게 말하자 소년은 갑자기 비명을 지르며 들고 있던 토끼를 눈밭에 집어 던지고 저 멀리 희미하게 보이는 마을을 향하여 달아나기 시작했다.

"젠장! 촌놈들이란 어쩔 수 없단 말이야."

할은 몹시 허탈해하며 중얼거렸다. 그러던 잠시 후 그는 소년이 달아난 쪽으로 허둥지둥 걷기 시작했다. 저 멀리 희미하게 보이는 마을은 허상처럼 허공에 떠 있었다. 마을 입구에는 열댓 명의 마을 사람들이 나와 있었다.

"헬로! 여기가 아듀티스키스입니까?"

그러자 사람들은 와르르 웃음을 터뜨렸다.

"여기가 아듀티스키스입니까?"

할은 다시 한번 말했고, 마을 사람들은 또다시 웃음을 터뜨렸다.

아듀티스키스의 요르기타 (Jorgita at Adutiškis) acrylic on canvas 65x53cm 2019

"마리아의 할머니 요르기타를 찾아왔어요. 요르기타의 집이 어디인가요?"

소년들의 뒤를 따라 커다란 여행용 가방을 든 외국인이 마을 사이로 난 길을 걸어가고 있는 동안 그의 뒤를 따르는 구경꾼들은 점점 더 늘어나 서른 명 가까이나 되었다. 커다란 거위를 든 채 따라가는 농부도 있었고, 검은 우산을 쓴 채 뒤뚱뒤뚱 따라가는 노인도 있었다. 그런가 하면 몹시 병약해 보이는 청년 하나는 한쪽에 목발을 짚은 채 부지런히 따라가고 있었다. 그리하여 마을 사이로 난 길은 갑자기 소란스러워졌다. 그 소란스러운 소리에 집들의 창문을 가리고 있던 두꺼운 커튼들이 열리면서 빼꼼히 눈을 내밀고 내다보는 사람들도 있었다.

이윽고 소년들이 어느 집 앞에 멈춰 섰다.

"여기니?"

할이 물었다. 그러자 소년 하나가 "오케이!" 하고 말했고 그를 뒤따라온 마을 사람들은 다시 와르르 웃음을 터뜨렸다.

"요르기타! 요르기타!"

사람들은 저마다 소년들이 가리켜 보인 집을 향하여 소리쳤다. 그리고 무어라 알아들을 수 없는 말로 소리쳤다. 아마도 손님이 왔으니 어서 나와 보라고 말하는 것 같았다. 그런가 하면 어떤 소년은 "헬로, 요르기타! 헬로! 헬로!"하고 소리쳤고, 그 바람에 사람들은 또다시 와르르 웃음을 터뜨렸다.

그 왁자지껄한 소리에도 문은 열리지 않았다. 사람들은 저마다 요르기타를 불러댔고, 소년 중 몇몇은 집 모퉁이로 돌아가 창문을 두드려 대기도 했다. 이런 소란을 견딜 수가 없었던지 마침내 문이 열리면서 금발의 노파 한 사람이 해맑은 표정으로 방그레 웃으며 얼굴을 내밀었다. 그 순간 할은 깜짝 놀라지 않을 수 없었다. 그 노파는 어젯밤을 함께 보낸 빌뉴스의 젊은 요르기타의 오십 년 뒤 모습처럼 닮아 있었다.

노파가 나타나자 마을 사람들은 일순간에 조용해졌다. 다음에 전개될 상황을 숨죽이며 기다리고 있는 것 같았다.

"안녕하세요? 마리아의 할머니 요르기타인가요?"

할은 노파 앞으로 다가가 말했다. 그러나 노파는 해맑게 웃고 있을 뿐 미처 무어라 대답을 하지 못했다. 할이 하는 영어를 알아듣지 못하는 것 같았다. 그런 그녀를 보자 마을 사람들은 기다렸다는 듯이 일제히 와르르 웃음을 터뜨렸다.

할은 천천히 또박또박 말했다.

"저는 우주피스 공화국에 대하여 여쭤보려고 합니다."

노파는 약간 놀라는 표정으로 되물었다.

"우주피스?"

"예, 우주피스 공화국."

그러자 노파는 뜻밖에도 우주피스어로 말했다.

"그럼 우주피스 말을 알아들을 수 있나요?"

할은 감동한 표정으로 고개를 끄덕였다. 그런 그를 보자 노파는 해맑게 웃으며 말했다.

"일단 들어오세요. 여기는 추워요."

Jorgita at Adutiškis

As Hal was catching his breath he noticed a boy walking toward him along the path. He was carrying a rabbit, which he held thoughtfully against his cheek.

"Young fellow!" Hal cried out in delight as he rushed toward the boy. "Is this Adutiškis?"

The boy's jaw dropped. And why not – Hal was a stranger popping out of nowhere, huge suitcase in hand, head and shoulders draped in snow.

"Don't be scared—it's all right!" Hal shouted, retreating a few tactful steps.

The boy gaped at Hal.

"I'm looking for Jorgita – Marija's grandmother, Jorgita."

The boy's face was frozen in fright. Communication was impossible. Hal grew desperate.

"For the love of God, say something! Do you know where Marija's grandmother lives? I have to find the Republic of Užupis. Do you know where it is?"

Hearing this, the boy shrieked, tossed the rabbit onto the snow-cushioned ground, and ran off toward the village.

"Dammit – stupid bumpkins," Hal grumbled despondently. And then he floundered off after the boy. Hal felt giddy, and the village off in the distance became a mirage, floating on air.

A group of rustics had gathered just outside the village.

"Hello. Is this Adutiškis?"

The question was greeted with a roar of laughter. Once again he asked if this was Adutiškis, and once again the villagers broke out laughing.

"Jorgita, Marija's grandmother – where can I find her?"

By now Hal's train had expanded to a few dozen as he followed the boys along the snowy road through the village. The newer arrivals included a farmer clutching a large goose, an elderly man tottering along beneath a black umbrella, and hobbling industiously with the aid of a crutch, was a frail young man. The boisterous parade brought others to the windows of their homes, where they parted thick curtains and stared bug-eyed through the glass.

Finally the boys came to a stop before one of the houses.

"This is it?" Hal asked.

"Okay," said one of the boys. More laughter, and then all began calling for Jorgita – or so Hal concluded, for this name was the only word he understood. At the first pause, one of the boys called out, "Hello! Jorgita! Hello! Hello!" This time there was a chorus of chuckles.

In spite of the clamor, no one came to the door. In unison the villagers began chanting Jorgita's name, while some of the boys went around to the side of the house and tapped on a window. Finally the door opened and out poked the head of an old woman. She had blond hair and a radiant smile. It was amazing – the old woman looked just like young Jorgita from last night in Vilnius, only fifty years older.

The appearance of the old woman brought the assembly to a breathless silence.

Hal walked up to her. "How do you do? Are you Jorgita, grandmother of Marija?"

The woman fixed her scintillating smile on Hal. She seemed not to have understood Hal's English. The villagers guffawed.

"I want to ask you about the Republic of Užupis." Hal articulated the words as slowly as possible.

"Užupis?" The old woman was alarmed.

"Yes, the Republic of Užupis."

"Then, you must understand the Užupis language?"

To Hal's surprise, he was indeed able to understand; the old woman was speaking Užupis.

Hal nodded, ecstatic.

"Then let's go inside," said the woman with her effulgent smile. "It's cold out."

서랍 속의 제비들

"아, 참. 맛있네요. 대체 무슨 스프죠? 재스민 향기가 나네요."

그러나 노파는 할의 영어를 전혀 알아듣지 못하는 것 같았다.

"기침을 멎게 하는 데는 스프가 제일이지요. 여기 더 있으니 많이 드세요."

뜨거운 수프를 먹어서 그런지 그사이에 할의 기침은 멎어 있었다.

"그런데 이상해요. 전에도 이런 맛있는 스프를 먹어본 것 같아요. 그런데 그게 언제 어디서였는지 도무지 생각나지 않아요."

그때 아이들이 킥킥킥 웃는 소리가 들렸다. 그러고 보니 아이들은 빼꼼히 현관문을 열고 집 안을 훔쳐보고 있었다.

"다리우스! 바람 들어오니 문 닫아!"

노파가 아이들을 나무랐다. 아이들은 화들짝 놀라며 쾅 문을 닫았다. 그때 새의 푸드덕 날갯짓 소리가 났다.

할이 스프를 다 먹고 나자 요르기타 노파는 뜨거운 차 한 잔을 가지고 왔다. 그리고 물었다.

"당신도 우주피스 공화국 사람인가요?"

할이 고개를 끄덕이며 말했다.

"예. 그리고 우주피스 공화국을 찾아왔지요. 그런데 그게 어디에 있는지 찾을 수가 없어요. 그래서 할머니를 찾아왔어요. 할머니 남편은 어떻게 됐나요?"

그러나 노파는 여전히 할의 말을 알아듣지 못하겠는지 방그레 웃기만 했다.

그런데 그때였다. 어두운 거실 안을 푸륵푸륵 날아다니는 새들의 날갯짓 소리가 들렸다.

"저게 뭐죠?"

할이 물었다. 그러자 노파는 수줍은 듯 미소를 지으며 페치카 위를 가리켜 보였다.

"저건 제비가 아닌가요?"

"게르디할이 죽자 나는 빌뉴스를 떠나 여기로 이사를 왔지요. 그런데 제비들이 들

서랍 속의 제비들 (The Swallows in the Drawer) acrylic on canvas 65x53cm 2020

어와 둥지를 틀기 시작했어요."

"오, 세상에!"

할이 감탄사를 발했다.

"처음에 제비들이 둥지를 틀기 시작한 건 바로 이 책상 서랍이었답니다. 이건 게르디할이 어릴 때 쓰던 책상이지요. 이 책상 서랍에다 둥지를 트는 걸 보고 난 게르디할이 살아서 돌아온 거라고 생각했답니다. 그런데 해마다 식구가 늘어나면서 제비들은 온 집 안에 새로 집을 지어 나갔지요."

이렇게 말하며 노파는 다시 할의 손을 이끌고 저편 벽면에 붙여 세워져 있는 커다란 낡은 벽시계 쪽으로 데리고 갔다. 벌써 오래전에 멈춰 버린 듯한 낡은 벽시계는 뚜껑마저 떨어져 나가고 없었는데 그 벽시계 속에도 여러 채의 제비 둥지가 있었다.

"하, 정말 신기하군요. 대체 얼마나 많은 제비를 키우고 계시는지 불을 한번 켜 봐도 될까요?"

할은 전기 스위치를 올렸다. 바로 그 순간 수많은 제비가 일제히 재재재재 시끄럽게 지저귀면서 날아올랐다. 페치카 위에서, 책상 서랍 속에서, 벽시계 속에서, 바이올린 속에서, 그리고 탁자 밑에서 수많은 제비들이 일제히 쏟아져 나와 거실 안을 어지럽게 날아다니기 시작했다.

"야, 정말 대단하군요."

폐허처럼 보이는 집 안을 둘러보던 할의 눈에 그때 저편 벽면에 걸려 있는 유리가 끼워진 액자 하나가 들어왔다. 그 액자에는 국기 하나가 들어 있었는데, 그걸 발견한 할은 소리치듯 말했다.

"아, 저건 우주피스 공화국 국기가 아닌가요?"

할은 홀린 듯한 눈으로 국기가 걸려있는 벽면으로 다가가며 말했다. 그것은 어젯밤 빌뉴스 젊은 요르기타의 집에서 본 것과 동일한 것이었지만 할은 흡사 너무나 오랜 세월 그것을 보지 못했던 사람처럼 감격에 겨운 눈으로 올려다보고 있었다. 그러나 노파는 그때 허리를 굽힌 채 제비들에게 무어라 소근소근 말하고 있었다. 어쩌면 그녀는 제비들에게 오늘은 손님이 왔으니 얌전하게 굴어야 한다고 당부하고 있었을까?

The Swallows in the Drawer

"Absolutely delicious. But whatever is in it? It has a jasmine fragrance."

The woman seemed not to have understood Hal's English. "Soup is just the thing for a cough. There's more, so help yourself."

Hal had more soup and presently his coughing stopped.

"It's strange," Hal said. "I think I've had this soup before – it was delicious then too – but I can't remember when or where."

The woman seemed to understand none of this. Taking a huge loaf of bread from the basket on the table, she began slicing it into manageable hunks. Hal took a piece, dipped it in the soup, and ate. The woman looked on in satisfaction.

Suddenly Hal heard chortling. He looked toward the door. It was open a crack – the children must have been peeking in.

"Darius," scolded the woman. "Close that door – you're letting the cold in."

The next instant the door had clunked shut. And with the shutting of the door. Hal once more heard the flapping of wings.

When Hal had finished his soup, Jorgita brought him a hot cup of tea. "So you're a man of the Republic of Užupis," she said.

Hal nodded. "Yes. And I came to visit. But I don't know where Užupis is. That's why I've come to see you.

"Whatever became of your husband?" Hal pressed her.

The woman smiled her brilliant smile.

Just then Hal heard, from the dark recesses of the living room, the flapping of wings. He saw a pair of birds dart past him and he flinched.

"What are those?"

With a sheepish grin the woman pointed toward the mantle of the *pechika*.

"They're swallows!" he gasped, gazing back at the birds.

"When my Gerdihal died," said the woman, "I moved here from Vilnius. And the swallows came and built their nests."

"Good heavens!" said Hal.

"This is where they started," said old Jorgita. "It was Gerdihal's desk when he was a boy. When I first saw those nests I felt my boy had returned. But every year there are more little ones and now there are nests all over the house." So saying, she led Hal to the far wall, where a huge grandfather clock stood. The clock had stopped seemingly ages ago and the cover had fallen off, revealing more nests inside. Their occupants looked out sleepy-eyed at Hal.

"Simply amazing," he said.

Hal noticed a glass frame on the wall. "Oh, my!" he cried out. He approached the frame, entranced. "Isn't that the Užupis flag?" It was the very same flag he had seen in the apartment of young Jorgita in Vilnius last night. He gazed at it with tear-filled eyes as if he hadn't seen it in ages.

Old Jorgita had bent over to whisper to the birds. Was she reminding them to behave now that they had a visitor?

언제 우리가 다시 만나면 (When We Meet Again) acrylic on canvas 65x53cm 2020

언제 우리가 다시 만나면

"그런데 이 엽서는 누가 누구에게 보낸 건가요?" 할이 물었다.

이 질문엔 노파가 알아들은 것처럼 보였다.

"그건 우주피스 공화국의 국민시인 우르보나스가 그의 조카에게 보낸 것이랍니다. 당시 먼 외국에서 망명 생활을 하는 조카에게 조국이 독립되었으니 돌아오라는 내용이지요. 그 조카가 바로 제 남편이랍니다. 그런데 아세요? 처녀들이 아이를 낳았다 하면 너도나도 우르보나스의 아이라고 하는 거..."

듣고 있던 할도 웃으며 말했다.

"우르보나스가 정말 대단했던가 보네요."

"러시아의 어떤 작자는 우르보나스의 시를 버젓이 자기 이름으로 출판까지 했을 정도지요."

그러자 듣고 있던 할이 소리치듯 말했다.

"저도 우르보나스가 쓴 시, 〈식민지의 시인〉을 우크라이나의 요르슬라브스가 썼다고 주장하는 사람을 만나 봤습니다."

요르기타는 긴 한숨을 내쉬며 말했다.

"그래서 일찍이 우르보나스는 이런 말을 했지요. '우리가 나라를 되찾으려 하는 것은 잃어버린 시를 되찾으려는 것이다.'라고 말입니다."

듣고 있던 할은 감동에 찬 얼굴로 혼잣말처럼 중얼거렸다.

"저의 아버지도 비슷한 말씀을 하셨답니다. 아버지 당신께서 우주피스 공화국에 뼈를 묻고 싶어 하는 것은 바로 시의 씨앗을 틔우기 위해서라고요."

이렇게 말하는 할의 두 눈에는 눈물이 가득 고이고 있었다. 그런 할을 말끄러미 바라보고 있던 요르기타 노파는 할을 위로하기 위해 그렇게 하듯 낡은 시집 한 권을 꺼내어 들며 말했다.

"우르보나스의 매우 웃기는 시 하나를 읽어 드릴게요."

이렇게 말한 요르기타는 왼손으로 책장을 넘겨 시 한 편을 찾아내 읽기 시작했다.

절름발이 우체부는
우편 가방 속에서 잔다
눈먼 의사는
왕진 가방 속에서 잔다
벙어리 집시는
바이올린 가방 속에서 잔다
사람들은 모두 가방을 들고 다닌다
그 안에 들어가 자기 위해서

어떤 왕국에서는,
가령 일본과 같은 왕국에서는
아직도 백성들은
신고 다니던 구두 속에 들어가 잔다
그러나 혁명 이후
우리 마을에서는
그것이 금지되었다
그래서 사람들은 모두 가방을 준비한다

거기까지 듣고 있던 할은 눈물이 가득 고인 눈으로 키득키득 웃기 시작했다. 노파
또한 호호 웃으면서 다음 구절을 읽었다.

아직 가방이 없는 나는 결정했다
제비들의 서랍 속에 들어가 자기로
당신들이 항아리 속에 들어가
개구리들과 함께 자기로 결정했듯이
당신의 딸들이 성냥갑 안에 들어가
성냥개비들과 나란히 자기로 결정했듯이

할은 우스워서 견딜 수 없다는 듯이 배를 잡고 웃었다.

노파 요르기타는 진열장 안의 또 다른 사진 한 장을 가리켜 보이며 말했다.

"이건 제 남편의 가족사진인데 여기에 우르보나스도 있어요."

그런데 그 사진은 어젯밤 할이 빌뉴스의 요르기타의 아파트에서 본 사진과 동일한 사진이었다. 그러나 할 자신은 그 사실을 전혀 깨닫지 못하는지 사진 속 인물들의 모습이 몹시 흥미롭다는 듯 골똘히 들여다보고 있었다.

"그리고 이분이 내 시아버지입니다. 우주피스 공화국의 대사로 먼 외국에 나가 있다가 나라를 잃어버리자 그 슬픔을 이기지 못하고 끝내 자살로 생을 마감하셨다고 들었어요."

"오, 저런!"

할은 애석해하는 표정과 목소리로 말했다. 그러나 노파는 담담한 목소리로 계속했다.

"여기 있는 이 사촌오빠는 훗날 제 남편이 되지요. 아! 그리고 이건 내 아들 게르디할입니다."

노파는 옆 진열장 안에 들어 있는 액자 하나를 가리켜 보이며 말했다.

"우주피스어는 말할 필요도 없고, 리투아니아어, 러시아어, 폴란드어, 영어, 독어, 프랑스어를 자유자재로 말할 수 있었답니다. 우르보나스의 시를 여러 나라 말로 번역하여 출판하기도 했지요. 그러나 그 아이는 서른셋에 죽었답니다. 살해당했지요. 상트페테르부르크에서."

"오, 저런!"

"사람들의 말에 따르면 게르디할이 살해당한 건 러시아 황제를 암살하려 실패했기 때문이랍니다."

"오, 저런!" 할은 고통에 찬 목소리로 중얼거렸다.

"그리고 여기 내 손녀 마리아가 있네요."

"아, 마리아! 오늘 아침 빌뉴스에서 만났습니다. 정말 예쁘고 영리한 아이더군요."

"마리아는 게르디 할과 율리아 사이에서 태어난 아이랍니다. 게르디할이 죽은 후 율리아는 어린 마리아를 안은 채 멀리 코르도바까지 도망갔지요. 그 먼 곳까지 도망갔지만 율리아도 향수병을 견딜 수는 없었겠지요. 우주피스 사람들이 다 그렇듯이. 그래서 율리아는 결국 코르도바 다리에서 떨어져 죽었지요."

"아!"

할은 고통에 찬 목소리로 소리쳤다.

"코르도바 다리에서 떨어지다니.... 이런 시가 떠오르는군요."

언제 어디서
우리가 다시 만나게 되면
우산을 준비하자 비를 기다리기 위해
은빛 달빛과 같은 비
푸른 피아노 소나타와 같은 비

사실 우리는 이 나라에서
비내리는 계절을
갖지 못했지
그래서 모든 올리브 나무는 시들어 갔고
새들은 더 이상 노래하지 못했지
그리고 너의 입술은 말라 있었지.

언제 어디서, 가령 코르도바 같은 곳에서,
이를테면 코르도바 다리 위에서 우리가 다시 만나게 되면
때때로 걸음을 멈추자
나비들의 날갯짓을 보기 위하여
다리 밑 가득히 팔랑거리는 노란 나비들의

날갯짓을 보기 위하여

사실 우리는 이 나라에서
봄볕 내리쬐는 오후를
갖지 못했지
물고기들은 차가운 얼음장 밑에서 움직이지 않았고
꽃봉오리들은 꽃을 피우지 못했지
그리고 너의 두 손은 항상 차가웠지.

할이 시를 낭송하는 동안 노파의 두 눈에는 어느새 맑은 눈물이 고였다.
"율리아가 죽자 고아가 된 마리아는 맨발인 채 돌아왔지요. 그런 마리아의 모습을
죽는 날까지 잊지 못할 거예요."
이렇게 말하는 요르기타의 두 눈에는 걷잡을 수 없는 눈물이 흘러내리고 있었다.
그러면서도 그녀는 해맑게 웃고 있었다.

When We Meet Again

"Who sent this postcard to the whom?" Hal asked.

"It was from Urbonas, the Užupis Poet of the People – he sent it to his neph-
ew. At the time the nephew was in exile in a far-off land, and Urbonas wrote
him this postcard telling him that our fatherland was once again independent
and that he should come home. And the nephew – he was my husband. It's
ridiculous – every girl who gets pregnant out of wedlock says Urbonas is the
father."

Hal chuckled. "I guess there's some truth to all these things I've been hearing
about him!"

"Some Russian scoundrel even had nerve to translate Urbonas poems into
Russian and publish them under his own name."

"I met someone like that too!" Hal exclaimed. "He insisted that 'Poets of a

Colonized Land' was written by a Ukrainian poet."

Jorgita sighed. "Urbonas once said that to regain our country is to regain our lost poetry."

These words gladdened Hal's heart. "My father said something similar," he murmured. "My honorable father – he said that to bury his remains in the Užupis homeland would be to plant the seeds of poetry." His eyes filled with tears.

To comfort him Jorgita retrieved a well-worn volume from a cabinet. "Shall I read you of Urbonas's funniest poems?" So saying, she flipped through the pages with her left hand until she found the poem:

> *Le facteur boiteux se couche*
> *Dans son sac postal,*
> *Le docteur aveugle se couche*
> *Dans sa trousse,*
> *Et le ménétrier sourd-muet se couche*
> *Dans la housse de son violon.*
>
> *Tout le monde a un sac*
> *Pour se coucher dedans,*
> *Parce qu'il n'y a personne qui soit vraiment droitier.*
>
> *C'est vrai,*
> *Dans certaines monarchies*
> *Comme le Japon,*
> *On se couche encore*
> *Dans sa chaussure*
> *Ou dans sa poche.*
> *Mais, depuis la révolution,*
>
> *Dans notre village,*
> *C'est interdit.*
> *Alors, tout le monde prépare son sac.*

Mais moi,
Je n'ai pas de sac,
Parce que je ne suis ni boiteux ni aveugle ni sourd-muet.

Teary eyes and all, Hal began to giggle.
Old Jorgita chuckled as well, then continued:

Alors, j'ai décidé de me coucher
Dans un tiroir avec mes hirondelles
Comme vous avez décidé de vous coucher
Dans un pot avec vos grenouilles
Et comme votre fille a décidé de se coucher
Dans une boite d'allumettes.

Hal erupted in a belly laugh. Jorgita indicated a photograph in one of the cabinet.

"This is a photo of my husband's family, and Urbonas is in it."

This photo was identical to the one Hal had seen last night at the apartment of Jorgita in Vilnius. But so intent was he on examining the individuals in the photo that this too escaped him.

"This was my father-in-law," said Jorgita, indicating the middle-aged man. "He was the Užupis ambassador to a faraway land, and after we lost our country he couldn't abide his sorrow and he took his own life."

"Good heavens," Hal lamented.

Jorgita remained composed. "And that 'cousin' there, he was a little older, he was my husband. Oh, and here's my son Gerdihal," she said, pointing to a framed photograph in the next cabinet. "He knew, not just Užupis, but Lithuanian, Russian, Polish, English, German, French – he spoke them all, free and easy. His writings were published in the newspapers of several countries. And he made a point of translating Urbonas's poetry, but he died – he was only thirty-three. He was killed in St. Petersburg."

"Good heavens!"

"Supposedly because he failed to assassinate the Russian czar."

"Oh no," Hal murmured, his tone filled with pain.

"And here is my granddaughter, Marija," she said, indicating yet another photograph in the cabinet.

"Ah, Marija. I met her this morning in Vilnius. She is one smart, cute girl."

"She's the daughter of Gerdihal and Julia. After Gerdihal died, Julia ran off with the girl, all the way to Cordova."

"Cordova, in the south of Spain?"

Jorgita nodded. "Yes," all that distance. But she got homesick—the people of Užupis, it's in their blood. She threw herself off a bridge there and drowned.

"Oh no," Hal lamented.

"Threw herself off a bridge in Cordova," Hal mumbled. "It reminds me of a poem." He began to recite the poem, groping for the words:

When we meet again,
some day, somewhere,
we will prepare an umbrella
for waiting for the rain,
the rain like silver moonlight,
like a blue piano sonata.

It's true that
we never had a rainy season
in this country.
So, all of the olives withered,
the birds didn't sing anymore,
and your lips were dry.
When we meet again,
some day, for example, at Cordova,
on the bridge of Cordova, for example,
we will stop walking, sometimes,
to look at the flight of butterflies,
the butterflies like the yellow petals

which are falling on the river.

It's true that
we never had spring
in this country.
So the fish didn't move their fins under the ice,
the buds could not bloom,
and your hands were always cold.

Limpid tears had gathered in old Jorgita's eyes.

"And so Marija became an orphan. She arrived barefoot on my doorstep. I'll never forget how she looked that day—little Marija, barefoot at my door." Tears streamed down Jorgita's cheeks, but they could not extinguish her radiant smile.

친애하는 리마스에게 (My Dear Friend Rimas) acrylic on canvas 65x53cm 2020

친애하는 리마스에게

　마노 카비나에 도착한 할은 바를 지키고 있는 키가 큰 금발 청년에게로 다가가 조야는 퇴근했느냐고 물었다. 금발 청년은 그렇다고 말했다. 할은 팔랑가 한 잔을 주문한 뒤 혹시 편지지 몇 장을 얻을 수 있겠느냐고 물었다. 금발 청년은 카운터 밑에서 A4 용지 열댓 장을 집어 주면서 쓸 만큼 쓰고 남은 것은 돌려 달라고 했다. 할은 고맙다고 말하고 일전에 리마스와 함께 앉았던 자리로 갔다. 그리고 다음과 같이 쓰기 시작했다.

　친애하는 나의 친구 리마스에게
벌써 이틀 가까운 시간이 흘렀지만 내가 남긴 메시지들이 그대로 있고, 자네가 남긴 메시지가 따로 없는 것으로 보아 어제 아침 자네는 키시네프로 떠나는 버스에 몸을 실었던 것이 틀림없는 것 같군. 그렇다면 지금쯤 자네를 태운 버스는 눈 덮인 어두운 숲속으로 난 길을 따라가고 있겠지. 이렇게 눈이 내리는 계절에 바르샤바를 거쳐 키시네프까지 가려면 사흘은 걸릴 거라고 말했던 자네의 말을 기억하네. 자네가 키시네프로 향한다는 내 추측이 맞는다면 자네는 나의 이 편지를 영영 읽지 못하게 될 수도 있겠지. 그럼에도 내가 이 편지를 쓰는 것은, 비록 자네가 이 편지를 읽지 못하게 된다고 할지라도 다음과 같은 두 가지 사실에 대해 꼭 말해야겠다는 내 판단 때문이라네.
　첫째, 몰도바의 키시네프에 사는 자네의 동생이 쾌차하기를 내가 진심으로 기원한다는 것일세.
　둘째, 오늘 아침 리투아니아의 천재 극작가이자 연극 연출가인 알비다스로부터 들은 바 있는 빌마양에게 일어난 비보를 자네에게 알리지 않으면 안 될 것 같은 의무감이 오늘 하루 나를 옥죄었다는 것일세. 알비다스에 따르면, 빌마 양은 어젯밤에 자살을 기도했다고 하네.
　(제발 부탁이니 놀라지 말게. 빌마 양의 현재 상태는 아주 좋아져서 내일쯤이면 퇴

원할 수 있다니 말일세.)

알비다스는 빌마 양이 그런 극단적인 행동을 한 것이 나와 연관이 있다고 생각했던 것 같네. 그러나 그것이 오해였다는 것을 알비다스도, 빌마의 동생 잉거도 인정했다네. 그러니 자네도 나에 대해서 오해하지 않기를 바라네.

이렇게 편지를 써 내려가던 할은 주문했던 팔랑가 한 잔을 단숨에 들이켠 후 잠시 눈을 돌려 창밖을 내다보았다. 창밖엔 여전히 폭설이 내리고 있었다. 창밖을 내다보던 할은 다시금 긴 편지를 써 내려가기 시작했다. 근 한 시간이나 지난 뒤에야 그는 편지 쓰기를 마친 듯 지금까지 쓴 것을 한 차례 읽어 본 뒤 날짜와 시간을 적어넣고 마지막으로 서명을 했다. 그리고 그는 그것을 접어 속주머니에 넣고는 자리에서 일어났다.

My Dear Friend Rimas

Inside, Hal went to the bar and asked the tall, blond-haired young man if Zoja had gone home for the day. Yes, said the young man. Hal ordered a shot of *pálinka* and asked for writing paper. The young man reached beneath the bar and came up with a dozen sheets, asking Hal to return whatever was left over. Thanking the young man, Hal took a seat at the table he and Rimas had occupied, and began to write:

My dear friend Rimas,

Almost two days have passed, and from the looks of things – my message for you not picking up, no messages from you to me – you must have gotten yourself on that bus for Kishinev yesterday morning. And if that's the case, that bus is probably going through a dark, snow-covered forest about now – you told me it takes three days to get to Kishinev by way of Warsaw.

If my hunch is right and you're on that bus to Kishinev, then it may be that you'll never read this letter. Even so, there is a reason why I'm writing a letter that you may very well never read, and it is this: in my judgment there are two things I must tell you.

First, I pray with all my heart that your brother in Moldova makes a full recovery.

Second, this morning I heard some sad news from Alvydas, a gifted playwright and producer from Lithuania. It's about Miss Vilma, and I feel duty-bound to report it to you – it's been weighing me down all day. According to Alvydas, Miss Vilma attempted suicide last night. (Don't be alarmed, I beg of you. Alvydas just now reassured me that she is much better and could be released from the hospital as early as tomorrow.)

I think that at first Alvydas believed I had something to do with Miss Vilma's desperation. But now Alvydas realizes he was mistaken – as does Vilma's sister, Inga. And I hope that you will not misunderstand either.

The blond-haired young man arrived with Hal's *pálinka*. Hal gulped it down, then took a look outside. The snow was falling as thick as ever. Hal returned to his letter. A good hour later his pen came to a stop and Hal read over what he had written, jotted down the date and the time, and finally signed it. Folding the letter and sticking it into his coat pocket, he rose.

그리운 우르보나스 (Urbonas, Missed Long Times) acrylic on canvas 65x53cm 2020

그리운 우르보나스

봉투 속에는 할이 아침에 넣어 둔 메시지와 편지가 그대로 있었다. 할은 그것들과 함께 방금 마노 카비나에서 쓴 새로운 편지를 집어넣었다. 따라서 봉투는 두툼해졌다. 할은 두툼해진 봉투를 봉한 뒤 그 위에 "나의 친구 리마스에게"라고 썼다. 그리고 그것을 보이에게 내밀며 말했다.

"혹시 나를 찾는 사람이 있으면 이걸 전해 줄 수 있겠습니까?"

"물론이지요."

보이는 그 두툼한 봉투를 받아 챙기며 말했다.

"그럼 안녕히."

할이 말했다.

"행운을 빌어요."

보이가 말했다.

할이 호텔 우주피스에서 나왔을 때 밖은 쏟아지는 폭설로 인해 한 치 앞을 분간할 수 없을 정도였다. 그럼에도 할은 길을 나섰다. 그러나 그는 곧 길을 잃어버린 것 같았다. 어둡고 복잡한 골목 속에서 방향을 잃고 헤매고 있는 그의 앞에 뜻밖에도 비넬레 강이 나타났다. 밤은 깊어가고 있었고 인적은 끊어진 지 오래였다.

할은 자신이 지금 서 있는 곳이 이 도시의 어디쯤일지 가늠해 보기라도 하는 듯 비넬레 강가에서 걸음을 멈춘 채 사방을 둘러보았다. 그러나 너무나 많은 눈이 내리고 있어서 아무것도 분간할 수가 없었다.

그런데 바로 그때였다. 저만치 어둠 속에서 누가 오고 있었다. 할은 반가움과 공포를 한꺼번에 느꼈다. 그래서 그는 일부러 큰 소리로 쿨룩쿨룩 기침 소리를 내며 말했다.

"누구죠?"

그러나 어둠 저편에서 오고 있는 사람은 기침 소리도 내지 않았다. "누구죠?"하고 말한 할 자신의 목소리만이 메아리가 되어 돌아올 뿐이었다. 눈이 온 도시를 뒤덮고 있어서 소리가 반향을 일으키는 것 같았다.

"길을 잃어버렸어요. 여기가 대체 어디쯤이죠?"

할은 다시 한번 소리쳤다. 그러나 또다시 할 자신의 목소리가 메아리가 되어 돌아올 뿐 상대는 아무 말도 하지 않았다. 할은 자신의 주머니에 든 권총의 방아쇠 고리에 손가락을 끼워 넣었다. 이윽고 어둠 속을 걸어온 사내가 모습을 드러냈다. 사내는 할 앞을 지나 다시 어둠 속으로 멀어져 가고 있었다. 그때였다. 어둠 속에서 어떤 목소리가 말했다.

"너 할 아니니? 할 맞지?"

그 소리를 듣는 순간 할은 소름이 확 끼치는 걸 느꼈다. 그도 그럴 것이 그것은 영어도, 리투아니아어도 아닌 우주피스어였던 것이다.

Urbonas, Missed Long Times

To the message and letter Hal had written earlier he added the letter he had just written at Café Mano. Re-sealing the now thick envelope, he wrote "To my friend Rimas" on the outside and handed it to the clerk.

"If anyone comes looking for me, could you give him this?"

"By all means," said the clerk, putting it away.

"Well, so long," said Hal.

"Good luck," said the clerk.

Back outside, visibility had deteriorated to less than a foot. Hal set out but immediately lost his way. He roamed for some time, and suddenly, there in front of him was the Vilnia River. The hour was late, and he had seen no one else out and about. He looked in all directions, trying to guess exactly where he was in the city. But so much snow was falling he could make out nothing. Just then he glimpsed a figure coming toward him out of the gloom. Hal was elated and at the same time terrified. Coughing loudly to signal his presence, he called out, "Who's there?"

But the person made no reply; there was only the echo of Hal's voice, returning to him from the snow-buried city.

"I've lost my way!" Hal shouted. "Where am I?"

Again he heard only the echo of his own voice; there was no response from his counterpart. Hal felt for the revolver in his pocket, his index finger curling around the trigger.

Finally the figure began to take shape. The man walked past him, and then from the darkness Hal heard a voice: "Hal, is that you?"

A shiver ran through him. The words were neither Lithuanian nor English—they were Užupis.

우주피스는 허공에 펄렁이고 있다 (Užupis is Fluttering in the Air)
acrylic on canvas 60,5x50cm 2019

우주피스는 허공에 펄럭이고 있다

문을 열고 들어서자 어둠에 묻힌 요르기타의 아파트 안은 매우 적막했다. 할은 우선 현관 안에 놓인 신발 먼지털이 위를 쿵쿵 굴러 신발을 털었다. 그리고 벽면을 더듬어 전기 스위치를 찾았다. 잠시 후 전등불이 들어왔다.

아파트 안은 텅 비어 있었다. 휑하니 텅 빈 거실 한편엔 낡아빠진 소파 하나와 조그마한 탁자만이 놓여 있을 뿐이었다. 벽면에 걸려있던 국기도, 벽난로 위에 놓여 있던 사진들도 보이지 않았다.

할은 어젯밤 요르기타와 함께 보냈던 침실로 들어가 보았다. 거기도 먼지 쌓인 마룻바닥만 드러낸 채 텅 비어 있었다. 마치 오래전에 이사를 가버린 빈집 같았다. 빈 침실을 바라보고 있던 할은 모든 것을 이미 예상하기라도 했다는 듯 두어 번 고개를 끄덕였다. 그러고는 다시 거실로 돌아가 모자와 외투를 벗어 소파 등받이에 걸쳐 놓고 소파에 앉았다.

할은 잠시 생각에 잠기더니 마침내 자신의 여행용 가방을 열었다. 가방 안에는 그동안 그가 갖고 다녔던 물건들이 고스란히 들어 있었다. 그 물건들 사이에서 할은 검은 천으로 싼 함과 영정사진을 꺼내 탁자 위에 올려놓았다. 그리고 마리아로부터 산 빨간 장미를 꺼내어 함 위에 올려놓았다.

잠시 후, 할은 주머니를 뒤져 리볼버를 꺼내고 다른 쪽 주머니에서 탄환 상자를 꺼내었다.

탄환 상자에서 한 움큼의 탄환을 꺼낸 후 아주 침착한 동작으로 여섯 개의 탄환을 리볼버에 장전했다. 그러고는 러시안룰렛을 하듯 탄창을 한 번 돌리더니 자신의 관자놀이에 총구를 갖다 대고는 곧 발사했다.

"탕!"

날카로운 총성과 함께 할은 마룻바닥으로 꼬꾸라졌다. 그는 입을 반쯤 벌린 채 허공을 바라보며 뜬 눈으로 죽었다. 그의 눈앞에 그가 그토록 그리던 조국의 모습이 보이기라도 하는 듯.

Užupis Is Fluttering in the Air

He opened the door and was greeted by stillness. Before entering he cleaned the soles of his shoes on the rug. Then he felt along the wall, found the switch, and turned on the light.

Nothing was there; the apartment was vacant. He took in the living room, but saw only a frayed couch and a small table. The flag was gone from the wall, and the photos that had on the mantelpiece were nowhere to be seen.

Hal checked the bedroom where he had spent the previous night with Jorgita. There was only the wood floor, layered with dust. It looked like no one had lived here for some time. Hal nodded once, then nodded again. Somehow he wasn't surprised. He returned to the living room and placed his hat and coat on the back of the couch. And there he sat.

He pondered a brief while, then rose and went to his suitcase. From it he took each of the items he had been carrying all this time. The funeral urn wrapped in black cloth he set on the table, along with the funeral portrait of his father. And on top of the urn he placed the red rose he had bought from Marija.

From his pocket he took the revolver. From another pocket he took the cartridge case. From the case he took a handful of bullets and with no wasted motion loaded the revolver with six of them. Back into the case went the remaining bullets. He spun the cylinder once, as if playing Russian roulette, placed the muzzle against his temple, and pulled the trigger. "Bang!" There was a sharp crack and Hal was sent sprawling onto the floor. He died mouth half open, eyes gazing into space, as if they had found his long-sought fatherland.

오! 내 아들, 게르디 할

이튿날 아침, 요르기타의 아파트 앞마당에는 눈이 내리고 있었다. 리투아니아 경찰은 흰 천을 뒤집어씌운 신원 미상의 동양인 남자의 시신을 들것으로 들어내어 경보등이 번쩍거리는 차에 싣고 있었다.

그 사건이 있었던 뒤 리투아니아의 짧은 봄과 짧은 여름과 짧은 가을이 지나갔고, 그리고 다시 긴 겨울이 왔다. 요르기타는 할이 남긴 여행용 가방 속의 유품들을 꺼내어 진열장 안에 정리했다. 그녀가 그것들을 다 정리했을 때 잠에서 깬 아기의 울음소리가 들려왔다. 요르기타는 달려가 요람 속에서 울고 있는 아기를 꺼내어 안고는 할이 마지막으로 앉았던 그 낡은 소파로 가 앉았다. 그리고는 자신의 앞섶을 열어 유난히도 희고 풍만한 아름다운 젖을 아이에게 물렸다. 아이는 허겁지겁 그녀의 젖을 빨기 시작했다.

그때 어디에선가 장중하면서도 애수를 자아내는 우주피스 공화국 국가가 울려 퍼지기 시작했고, 창밖에는 눈이 내리고 있었다. 요르기타는 아이에게 젖을 물린 채 혼잣말처럼 중얼거렸다.
"게르디할! 오, 내 아들 게르디할!"
그녀의 맑고 커다란 두 눈에서는 눈물이 흘러내리고 있었다.

Oh! My Little Gerdihal

The next morning snow was still falling onto the courtyard of Jorgita's apartment building. The police loaded a stretcher into a waiting ambulance with flashing lights. On the stretcher lay the body of an unidentified Asian man.
There followed the short Lithuanian spring and the equally short summer

오! 내 아들, 게르디할 (Oh! My Little Gerdihal) acrylic on canvas 65x53cm 2019

and autumn, and then the long winter returned. One day Jorgita took the items from Hal's suitcase and arranged them in her display cabinets. As she was finishing this task she heard the cry of her baby awakening. She rushed to the crib, took the crying baby in her arms, and sat on the frayed couch, the last place Hal had been. Unbuttoning her blouse she unveiled a breast, so fair and full and lovely, and put it to the baby's mouth. Eagerly the baby began to suck.

The solemn and sorrowful strains of the Užupis national anthem filled the room. Outside it continued to snow.

As she suckled the baby Jorgita murmured, "Gerdihal! Oh, my little Gerdihal!" Tears streamed from her huge, limpid eyes.

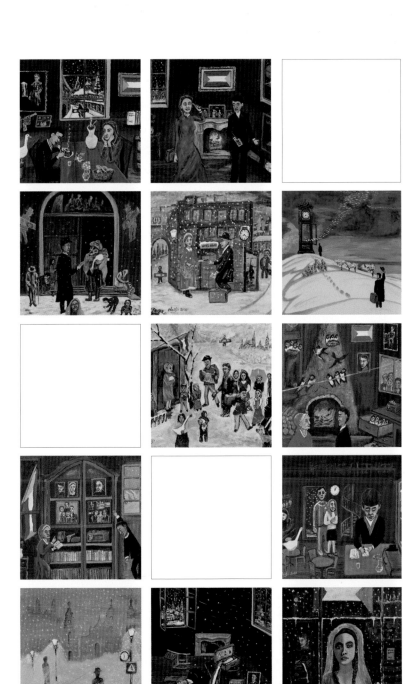